U0107474

世说新语诵读本

「中华诵·经典诵读行动」读本编委会 编

李宜蓬 注释

中华书局

图书在版编目（CIP）数据

世说新语诵读本／李宜蓬注释；"中华诵·经典诵读
行动"读本编委会编．—北京：中华书局，2013.4
（"中华诵·经典诵读行动"读本系列）
ISBN 978 – 7 – 101– 08957 – 8

Ⅰ．世… Ⅱ．①李… ②中… Ⅲ．①笔记小说—中
国—南朝时代②《世说新语》—通俗读物 Ⅳ.I242.1

中国版本图书馆 CIP数据核字（2012）第 239727 号

书　　名	世说新语诵读本	
编　　者	"中华诵·经典诵读行动"读本编委会	
注　　释	李宜蓬	
丛 书 名	"中华诵·经典诵读行动"读本系列	
责任编辑	祝安顺	
出版发行	中华书局	
	（北京市丰台区太平桥西里 38 号　100073）	
	http://www.zhbc.com.cn	
	E–mail:zhbc@zhbc.com.cn	
印　　刷	北京天来印务有限公司	
版　　次	2013 年 4 月北京第 1 版	
	2013 年 4 月北京第 1 次印刷	
规　　格	开本 /787 × 1092 毫米　1/16	
	印张 10½　插页 2　字数 96 千字	
印　　数	1–5000 册	
国际书号	ISBN 978 – 7 – 101– 08957 – 8	
定　　价	22.00 元	

出版说明

　　读经典的书,做有根的人。雅言传承文明,经典浸润人生。诵读中华经典,是四至十二岁学生学习中华传统文化的有效方式,也是中央文明办、教育部、国家语委主办的"中华诵·经典诵读行动"大力推动的一项校园文化建设活动。

　　四至十二岁是人生的黄金时期,也是人生记忆的黄金阶段,这个时期诵读一定量的中华经典,不仅有助于锻炼、提高记忆力,提升学生的语文素养,学习做人、做事的基本常识,更有助于提高学生的思维水平。

　　为了满足广大学生、家长和教师诵读中华经典的学习需求,我们组织相关专家、学者和一线教师,编辑出版了这套"中华诵·经典诵读行动"读本。本系列图书有下述基本特点:

　　一、内容系统全面。

　　本系列图书选取蒙学经典、儒家经典、诸子百家、历史名著、经典诗文等三十八种,分四辑出版。有些经典内容过多,我们选择那些流传较广、思想深刻的篇章编成选本;有些诗文,则根据学生的学习需要进行了汇编。

　　二、导读言简意赅,诵读专业科学。

　　每本图书的正文前都有"内容导读"和"诵读指导"。"内容导读"包括对经典的成书过程、作者和作品思想等方面的综述,"诵读指导"则请播音专业的专家从朗诵角度对每本书诵读时的语气、重点和感情变化等进行指导。

　　三、底本权威,大字拼音,注释实用。

　　底本采用权威的通行本,正文原文采用三号楷体大字,符合学生阅读习惯,保护学生视力;字上用现代汉语拼音注音,拼音的标注以《汉语大字典》注音为准,在语流中发生变调的，一律标注本来的声调；页下附有难字、难词、难句注释，注释尽量参照最新研究成果，语言简洁通俗，表述精准易懂。

四、备有诵读示范音频资料，提供免费下载。

部分图书备有由专业播音员、主持人和配音演员诵读的全本或选本的示范音频资料；条件成熟时，我们会提供一线教师的部分篇章的吟诵音频资料，供家长和教师、学生借鉴学习。鉴于光盘在运输途中容易发生损坏，我们仅提供网上免费下载诵读音频的服务。如需要图书音频资料，请购书读者将个人姓名、手机号、邮箱、所购书目、购书地点等信息发送至 songduben@126.com ，即可获得该图书音频的下载网址。

关于本系列图书的使用，我们的建议和体会是：小切入，长坚持，先熟诵，后理解，家校共读出成效。

首先，家长、教师要了解经典著作的原文大意、难点注解，其中的名言警句或典故也要事先知晓大概，以便在孩子问询时能够予以帮助。

其次，家长、教师每日选择百字左右的诵读内容，带领孩子反复诵读。次日复读昨日内容，然后再开始新的内容，在学习新知识时不断温故，巩固熟读效果。

第三，在诵读时可采取听我读、跟我读、慢慢读、快快读、接力读等多种诵读形式，让孩子在集体的氛围中感受到学习的乐趣。

第四，教师或家长可将诵读内容做成卡片或活页，以便携带，随时复习，随时巩固。

第五，家校联手，逐次做好孩子的诵读记录。记录卡可以有诵读篇目、开始的时间、熟读的次数，还可以附上自我评价分数，家长、教师评价分数，读伴评价分数，调动一切因素激励学生熟读成诵。

本系列图书，从经典著作版本的选择到文本注音、注释的审定，都力求做到精准，但错误之处在所难免，请专家和读者批评指正。

中华书局编辑部

2013 年 4 月

目　录

世说新语诵读本

内 容 导 读

《世说新语》中的魏晋风貌与文学思想

李宜蓬

汉末以降,至于魏晋,在中国历史上具有特别意义。在社会层面,兵连祸结,群雄逐鹿,一大批文臣武将应时而出,其文韬武略、权谋机变、杀伐决断、分合聚散,被记载在陈寿《三国志》及裴松之的注释之中,更随着《三国演义》的传播而广为人知。与此同时,在文化层面,伴随着国家的分裂,皇权的神圣性和儒学的权威性也遭到质疑,以老庄思想为底蕴的玄学成为当时士人交流和研讨的主流思想,成为名士逃避世俗纷扰追求精神自由的理论武器。一代又一代名士以自身的思想和实践,展现了文雅高妙的言辞和超凡脱俗的举止,形成了一种特殊的人格理想和生存方式,那就是为后人所艳羡的魏晋风流。而记载那些风流往事的《世说新语》,自然成为后人百读不厌的文化经典。

《世说新语》,又名《世说》或《世说新书》,在南朝刘宋年间由临川王刘义庆(403—444)编纂而成。《南史·刘义庆传》记载其"性简素,寡嗜欲,爱好文义,文辞虽不多,足为宗室之表","招聚才学之士,远近必至。太尉袁淑文冠当时,义庆在江州请为卫军谘议。其余吴郡陆展、东海何长瑜、鲍照等,并有辞章之美,引为佐吏国臣。所著《世说》十卷,撰《集林》二百卷,并行于世"。因此,今人多以为《世说》一书是在刘义庆的主持下,成于众手,是合乎情理的。

《世说新语》分为三十六门,分门别类地搜罗了汉末魏晋二三百年间或播于众口或记于篇什的名士的轶闻遗事。

开篇是德行、言语、政事、文学四门,正是《论语》中所记的孔门四科,表明儒家思想对于魏晋名士仍然有着深刻的影响,同时这也意味着南朝刘宋年间的社会评价标准的儒学转向。但是在《世说新语》德行门中,记录的多是名士立身处事上的操守和品格,而非修身齐家治国平天下的政治情怀,而其文学门更是集中呈现了名士清谈玄理的情态和写诗作文的才华,则儒家思想的式微与玄学思想的兴盛,不言自明。

以下则为方正、雅量、识鉴、赏誉、品藻诸门，正是全面反映魏晋名士风采的章节，从中可以看到汉末名士、正始名士、竹林名士、元康名士以及东晋名士不同的特点。汉末名士的端方，正始名士的清言，竹林名士的放达，元康名士的无所忌惮以及东晋名士的从容文雅，跃然纸上。而不同的名士，也展现出不同的个性，给人留下了深刻的印象。陈蕃的礼贤下士、李膺的高自标持、何晏的姿容俊美、王弼的辩才无碍、阮籍的发言玄远与举止放达、嵇康的愤世嫉俗与游心太玄、王衍的纵情玄理与家国两误、乐令的言辞简约与笃信名教、王导接人待物的举重若轻与治国理政的无为而治、谢安悠游山水的从容与处变不惊的淡定，都是那么的打动人心，成为《世说新语》中最有魅力的片段。

而自宠礼以下，尤其是排调、轻诋诸篇，对于名士的恃才傲物、挟隙报复等行径，也有所揭露，显示了魏晋名士并非不食人间烟火，亦有着人性的弱点和局限。

《世说新语》问世后不久，梁代刘孝标(458—521)为其作注，博采史籍四百多种，对原文多所补充和辩证，价值很大。《四库全书总目提要》说："孝标所注特为典赡，高似孙《纬略》亟推之，其纠正义庆之纰缪，尤为精核。所引诸书，今已佚其十之九，惟赖是注以传，故与裴松之《三国志注》、郦道元《水经注》、李善《文选注》同为考证家所引据焉。"因此，欲深刻了解魏晋名士的风采，则刘孝标所作的注释，亦不可不读。

对于《世说新语》，可以有很多种读法。

一种读法，是做学问的读法。冯友兰从《世说新语》看到了名士风流，在《论风流》一文中将其定义为玄心、洞见、妙赏、深情。宗白华则从《世说新语》看到了魏晋时期特殊的美学风貌和艺术精神，其《论〈世说新语〉与晋人的美》一文说："要研究中国人的美感和艺术精神的特性，《世说新语》一书里有不少重要的资料和启示，是不可忽略的。"鲁迅则从《世说新语》中看到了文学价值，在《中国小说史略》中评价《世说新语》的语言风格为"记言则玄远冷俊，记行则高简瑰奇"，是对《世说新语》文学性的定评。

另一种读法，是消遣性的读法。梁启超《国学入门书要目及其读法》谓《世说新语》"将晋人谈玄语分类纂录，语多隽妙，课余暑假之良伴侣"。诚如斯言，《世说新语》中蕴含着无数生动的故事和鲜活的人物，确实适合在茶余饭后信手翻来，既怡情养性又聊供谈资。

还有一种读法，就是我们这种吟诵的读法，它既非做学问，又非消遣，而是诉诸于人的感官和思想。这样，既有助于我们了解魏晋名士出人意表的言谈举止和深藏不露的内心世界，也有助于拓展对于中国传统文化的认识：了解到在中国思想史上还有一段不受儒家思想左右而独取老庄哲学的异质性存在，体认到魏晋名士努力挣脱世俗羁绊以期达到忘怀世事、忘怀得失、忘怀物我的生存状态，从而拓展我们的思维领域，提升我们的精神境界，在现实与历史、此岸与彼岸的疏离和隔阂中找到可资跨越的桥梁。

因此，本书在选篇上，更多地选取了那些能够从正面角度反映魏晋名士风流的篇章，而不取轻诋以下意在揭露魏晋名士虚伪乃至狭隘刻薄的文字。这样做虽然不能全面反映当时的社会现实和人生风貌，但是从建构读者理想人格的角度，还是必要的。如果有兴趣通读全书，则余嘉锡先生《世说新语笺疏》与杨勇的《世说新语校笺》，可谓善本。希望大家能够沉潜其中，含英咀华，深化对魏晋名士、魏晋风流以及魏晋玄学的认识。

（作者单位：陕西理工学院）

世说新语诵读本

诵读指导

《世说新语》诵读中的雅量与风度

李洪岩

《世说新语》成书于中国古代南朝,是南朝刘宋宗室临川王刘义庆组织编写的,而内容则记叙了紧承南朝之前的魏晋人物言谈和轶事,是一部笔记小说。因其是笔记体,所以笔触潇洒随意,涉猎广泛,谈及德行、言语、政事等三十六门一千多则片段,篇幅短小,言简意赅;又因其是小说,所以长于叙事,情节生动,故事性强。

诵读《世说新语》,正可以从其反映的时代特征、叙事风格、篇幅特点等角度入手,把握其妙语机锋,力求生动传神,将该小说的智慧与风度鲜明地展现出来。

首先,《世说新语》记叙了魏晋时期名士贵族的言行轶事,而魏晋时期特别讲求玄妙清谈,有着特立独行的清雅风度,后人称之为魏晋风度。从今人的角度看,当时的文人名士都颇有道骨仙风,有着独特的气质品位,诵读时更趋于追求一种雅致脱俗之感。

比如通过譬喻等方式表达思想观点就反映了当时人们的一种气质追求,在《德行》篇中记叙了这样一则故事片段:

> 客有问陈季方:"足下家君太丘,有何功德,而荷天下重名?"季方曰:"吾家君譬如桂树生泰山之阿,上有万仞之高,下有不测之深;上为甘露所沾,下为渊泉所润。当斯之时,桂树焉知泰山之高,渊泉之深? 不知有功德与无也。"

大意是说,有人质疑陈季方的父亲有怎样的功名能担当得起天下的威名,按照今人的思维逻辑和行事方式,人们恐怕会激烈反驳这种质疑,至少是详尽说明其父的功德何在。陈季方却没有采取这种简单直接的方式,而是采取譬喻的手段将其父亲比作是泰山脚下的桂树,然后将这种比喻引向深入,说桂树旁边的泰山有万仞之高,树下的土地深不

1

可测,桂树一方面为山上的甘露所沾染,另一方面为脚下的深泉所滋润。在这种情况下,桂树怎么知道泰山有多高,深泉有多深呢? 相同的道理,人们也不知道其父亲到底有无功德。陈季方话说到此,似乎并没有直接给出其父有无功德的答案,但其父犹如泰山脚下桂树的譬喻已说得非常明了,而其父犹如桂树般上承山露下接甘泉的清高形象早已树立得非常鲜明了,其答案不言自明。

诵读这样的文字,当然不能直截了当、语气生硬,而应该体会陈季方说话时的清雅气度,超然神情,从内心感受的调节入手,使自己的思想感情酝酿充分恰当。然后,体现在态度上则是不卑不亢,语气上不强不弱,节奏上不紧不慢,尤其是最后一句"不知有功德与无也",虽然最具质疑的力量,但因结论早已一目了然,其语气显然已经无需夸张渲染了。

其次,小说长于叙事,形象生动,富于变化。无论是描述性的内容,还是人物语言等,都能给人深刻的印象。诵读时应将这些起承转合的脉络梳理清晰,或将重点的语句字词加以确定,或相辅相成,或相反相成,点线结合,将整体和细节有机组织起来。

比如,《雅量》篇中有一个关于战争非常精彩的段落,这是从侧面来描写的:

> 谢公与人围棋,俄而谢玄淮上信至,看书竟,默然无言,徐向局。客问淮上利害,答曰:"小儿辈大破贼。"意色举止,不异于常。

这段描述反映了东晋谢安举重若轻的非凡气度。当时正是东晋以较少的兵力迎战强大前秦的关键时期。东晋谢安及其下属谢玄指挥若定,捷报传来,谢安正在下围棋,得知己方赢得了淝水之战的胜利,谢安并没有说什么,而是缓缓地转向棋局继续博弈。做到这一点本来已异于常人,更妙的是客人询问战况胜败时,谢安轻松应答说不过是孩儿们将敌人打败了,并且言谈举止与平常一样,如此风度的确给人以笑看云卷云舒的超然之感。

诵读时,"默然无言,徐向局"虽然在文字上并不着意,但语气上反而应予以强调,用加重的方式体现轻松,这就是语言表达不同于文字表达的特殊之处。随后与之相反,谢安的"小儿辈大破贼"这句表明重大战况的话反而用轻松的语气加以表达,又印证了相反相成的规律。而结尾处的"意色举止,不异于常"则水到渠成,语气舒缓,如同定格画面,令人回味。

第三，《世说新语》这种笔记小说的特点就是篇幅短小，每个故事片段都是一篇超短篇小说，或者说是小小说。如此短小精悍、惜墨如金的故事，在诵读时则应顺其删繁就简的特点，不必字字着力，需要抓住关键环节予以强调，产生点石成金的效果。

比如，《德行》篇中谈了管宁和华歆一起读书时的轶事：

> 管宁、华歆共园中锄菜，见地有片金，管挥锄与瓦石不异，华捉而掷去之。又尝同席读书，有乘轩冕过门者，宁读如故，歆废书出看。宁割席分坐，曰："子非吾友也！"

两人见到黄金时的态度以及见到轩冕华车时的举止迥异，鲜明地反映了两个人不同的价值观。诵读时，"宁割席分坐"，并说"子非吾友也"应为重点，在段落结尾处予以强调，则有助于突出反映出管宁的交友原则和精神境界。

再如，《德行》篇中晋朝大夫阮光禄焚车的事刻画了鲜明的人物形象：

> 阮光禄在剡，曾有好车，借者无不皆给。有人葬母，意欲借而不敢言。阮后闻之，叹曰："吾有车，而使人不敢借，何以车为？"遂焚之。

阮光禄因别人不敢借自己的车而叹息并焚车的行为，也只有在魏晋时代才会出现。他的行为确实反映了魏晋雅士的风范气度，一个"遂焚之"应诵读得简短有力，干脆利落，如此，其人的言语和行为才展示得鲜明生动。

此外，王戎判断道旁李子必苦、元方阐释无诚信无礼貌的故事都在短小的篇幅中刻画了鲜明的人物形象。诵读时在叙述清楚故事后，一定要在关键语句上着意强调予以点睛，从而给人以深刻的印象。

综上所述，我们可以看出，《世说新语》通过故事、语言、行为等生动描绘了魏晋名士的生活、嗜好、追求、境界，反映了当时的社会风气、名士雅量等，鲁迅曾称《世说新语》是"名士教科书"，所言非虚。而诵读这类作品，既要通过丰富的语言表达技巧展现其生动的故事，又要注重酝酿内在的情绪情感来体现其基调风格，既要宏观把握作品时代背景

世说新语诵读本

带来的风格特色，又要注重细节点染刻画鲜明的形象，其可读性和趣味性都可以在这样
的诵读过程中展现出来。

（作者单位：中国传媒大学播音主持艺术学院）

德行

chén zhòng jǔ yán wéi shì zé xíng wéi shì fàn dēng chē lǎn pèi yǒu chéng qīng tiān xià
陈仲举言为士则，行为世范，登车揽辔，有澄清天下

zhī zhì wéi yù zhāng tài shǒu zhì biàn wèn xú rú zǐ suǒ zài yù xiān kàn zhī
之志①。为豫章太守，至，便问徐孺子所在，欲先看之②。

zhǔ bù bái qún qíng yù fǔ jūn xiān rù xiè chén yuē wǔ wáng shì shāng róng zhī
主薄白："群情欲府君先入廨。"③陈曰："武王式商容之

lú xí bù xiá nuǎn wú zhī lǐ xián yǒu hé bù kě
闾，席不暇暖。吾之礼贤，有何不可！"④

zhōu zǐ jū cháng yún wú shí yuè bù jiàn huáng shū dù zé bǐ lìn zhī xīn yǐ fù
周子居常云："吾时月不见黄叔度，则鄙吝之心已复

shēng yǐ
生矣！"⑤

guō lín zōng zhì rǔ nán zào yuán fèng gāo chē bù tíng guǐ luán bù chuò è yì
郭林宗至汝南，造袁奉高，车不停轨，鸾不辍轭⑥。诣

huáng shū dù nǎi mí rì xìn sù rén wèn qí gù lín zōng yuē shū dù wāng wāng rú
黄叔度，乃弥日信宿⑦。人问其故，林宗曰："叔度汪汪如

①陈仲举：陈蕃，字仲举，东汉桓帝、灵帝时历任尚书仆射、太尉、太傅等职，刚直方峻，与大将军窦武合谋诛灭宦官，谋泄被杀。则：楷模，准则。辔：马缰绳。　②豫章：郡名，治所在今江西南昌。徐孺子：徐稺(zhì)，字孺子，家贫好学，隐居不仕，世称"南州高士"。　③主簿：汉以后在朝廷及郡县官府设主簿，掌管文书音信。白：禀告。府君：汉魏时对太守的称呼。廨：官署。　④武王：周武王姬发。式：通"轼"，车上扶手的横木，这里指乘车时俯身双手扶轼，以示敬意。商容：传说是商纣时的贤人。闾：里巷的门，此指住处。暇：空闲，闲暇。　⑤周子居：周乘，字子居，曾为泰山太守，有德政。黄叔度：黄宪，字叔度，出身贫贱，以德行著称。鄙吝：庸俗贪婪。　⑥郭林宗：郭泰，字林宗，东汉末年太学生领袖，学问博通。后返乡，不受征召，闭门教授，弟子上千。汝南：郡名，治所在今河南平舆。造：过访。袁奉高：袁阆，字奉高，官至太尉掾。轨：指车行留下的辙印。鸾：古代车上的铃，系在车轭上。辍：停止。轭：车辕前的横木，状如人字，驾车时套在马的颈部。　⑦诣：到某地去，拜访。弥日：整天。信宿：连宿两夜。

世说新语诵读本

wàn qǐng zhī bēi　chéng zhī bù qīng　rǎo zhī bù zhuó　qí qì shēn guǎng nán cè
万顷之陂，澄之不清，扰之不浊，其器深广，难测

liáng yě
量也。"①

lǐ yuán lǐ fēng gé xiù zhěng　gāo zì biāo chí　yù yǐ tiān xià míng jiào shì fēi wéi
李元礼风格秀整，高自标持，欲以天下名教是非为

jǐ rèn　　hòu jìn zhī shì yǒu shēng qí táng zhě　jiē yǐ wéi dēng lóng mén
己任②。后进之士有升其堂者，皆以为登龙门③。

kè yǒu wèn chén jì fāng　　zú xià jiā jūn tài qiū　yǒu hé gōng dé ér hè tiān xià
客有问陈季方："足下家君太丘，有何功德而荷天下

zhòng míng　　jì fāng yuē　wú jiā jūn pì rú guì shù shēng tài shān zhī ē　shàng yǒu wàn
重名？"④季方曰："吾家君譬如桂树生泰山之阿，上有万

rèn zhī gāo　xià yǒu bù cè zhī shēn　shàng wéi gān lù suǒ zhān　xià wéi yuān quán suǒ rùn
仞之高，下有不测之深；上为甘露所沾，下为渊泉所润。

dāng sī zhī shí　guì shù yān zhī tài shān zhī gāo　yuān quán zhī shēn　bù zhī yǒu gōng dé
当斯之时，桂树焉知泰山之高，渊泉之深？不知有功德

yǔ wú yě
与无也。"⑤

xún jù bó yuǎn kàn yǒu rén jí　zhí hú zéi gōng jùn　yǒu rén yù jù bó yuē　wú
荀巨伯远看友人疾，值胡贼攻郡，友人语巨伯曰："吾

jīn sǐ yǐ　zǐ kě qù　　jù bó yuē　yuǎn lái xiāng shì　zǐ lìng wú qù　bài yì
今死矣，子可去！"⑥巨伯曰："远来相视，子令吾去，败义

---

①汪汪：形容深广的样子。顷：土地面积之一，百亩为顷。陂：池塘。器：器局，器度。②李元礼：李膺，字元礼，桓帝时任司隶校尉，反对宦官专政，被太学生称为"天下楷模李元礼"。风格：风度品格。标持：犹标置，指标举品第，评定位置。名教：指以定名分为中心的儒家礼教。③登龙门：相传龙门一带势高流急，龟鱼之类有能逆流而上的，就会化为龙，这里指得到有名望的人接待或礼遇而身价倍增。④陈季方：陈谌，字季方，陈寔少子。足下：对人的敬称。家君：本为称呼自己的父亲，因前面有"足下"，这里指谈话对方的父亲。太丘：陈寔，字仲弓，曾任太丘长。荷：担当，承受。⑤阿：山的角落。仞：古代长度单位，以八尺或七尺为一仞。渊泉：深泉。沾：浸润。⑥荀巨伯：东汉桓帝时人，生平不详。胡：古代泛指西北少数民族。语：告诉。

以求生，岂荀巨伯所行邪！"①贼既至，谓巨伯曰："大军至，一郡尽空，汝何男子，而敢独止？"巨伯曰："友人有疾，不忍委之，宁以吾身代友人命。"②贼相谓曰："吾辈无义之人，而入有义之国。"遂班军③而还，一郡并获全。

华歆遇子弟甚整，虽闲室之内，严若朝典④。陈元方兄弟恣柔爱之道⑤。而二门之里，两不失雍熙之轨焉⑥。

管宁、华歆共园中锄菜，见地有片金，管挥锄与瓦石不异，华捉而掷去之⑦。又尝同席读书，有乘轩冕过门者，宁读如故，歆废书出看⑧。宁割席⑨分坐，曰："子非吾友也！"

王朗每以识度推华歆⑩。歆蜡日，尝集子侄燕饮，王

①败义：损害道义。邪：通"耶"，表示疑问语气。 ②委：抛弃。宁：宁愿。 ③班军：撤回军队。 ④华歆：字子鱼，东汉献帝时任豫章太守，后被征入京，累迁至尚书令。魏国建立，任司徒，封博平侯。闲室：私室，内室。严：庄严。朝典：朝廷上的制度、规矩。 ⑤陈元方：陈纪，字元方，陈寔长子。恣：放任。 ⑥雍熙：和睦亲善。轨：法度。 ⑦管宁：字幼安，东汉末，避居辽东三十多年，后还乡。魏文帝、明帝先后征召，他固辞不就。捉：持，拾。 ⑧轩冕：古代一种有帷幕而前顶较高的车叫"轩"；天子、诸侯、卿大夫的礼帽叫"冕"。乘轩戴冕的是大夫以上的贵人。废：放下。 ⑨割席：割开席子。原来两人同坐一席，现在割席分坐，以示绝交之意。 ⑩王朗：字景兴，汉末至魏，累迁会稽太守、司空、司徒等职。儒雅博学，为官宽政简刑，多有美誉。推：推崇。

德行

世说新语诵读本

3

yì xué zhī
亦学之①。

yǒu rén xiàng zhāng huá shuō cǐ shì　zhāng yuē　wáng zhī xué huà　jiē shì
有人向 张 华说此事，张曰："王之学华，皆是

xíng hái zhī wài　qù zhī suǒ yǐ gèng yuǎn
形骸之外，去之所以更 远。"②

huà xīn　wáng lǎng jù chéng chuán bì nàn　yǒu yī rén yù yī fù　xīn zhé nàn zhī
华歆、王 朗俱乘 船避难，有一人欲依附，歆辄难之③。

lǎng yuē　xìng shàng kuān　hé wèi bù kě　hòu zéi zhuī zhì　wáng yù shě suǒ xié rén
朗曰："幸 尚 宽，何为不可？"后贼追至，王欲舍所携人。

xīn yuē　běn suǒ yǐ yí　zhèng wèi cǐ ěr　jì yǐ nà qí zì tuō　nìng kě yǐ jí xiāng
歆曰："本所以疑，正为此耳。既已纳其自托，宁可以急相

qì yé　　suì xié zhěng　rú chū　shì yǐ cǐ dìng huà　wáng zhī yōu liè
弃邪？"④遂携拯⑤如初。世以此定华、王之优劣。

wáng xiáng　shì hòu mǔ zhū fū rén shèn jǐn　jiā yǒu yī lǐ shù　jié zǐ shū hǎo
王 祥⑥事后母朱夫人甚谨。家有一李树，结子殊好，

mǔ héng shǐ shǒu zhī　　shí fēng yǔ hū zhì　xiáng bào shù ér qì　xiáng cháng zài bié
母恒使守之⑦。时风雨忽至，祥抱树而泣。祥 尝在别

chuáng mián　mǔ zì wǎng àn zhuó zhī　zhí xiáng sī qǐ　kōng zhuó dé bèi　jì huán
床 眠，母自往阇斫之⑧。值祥私起⑨，空 斫得被。既还，

zhī mǔ hàn　zhī bù yǐ　yīn guì qián qǐng sǐ　mǔ yú shì gǎn wù　ài zhī rú jǐ zǐ
知母憾⑩之不已，因跪前请死。母于是感悟，爱之如己子。

jìn wén wáng chēng ruǎn sì zōng zhì shèn　měi yǔ zhī yán　yán jiē xuán yuǎn　wèi cháng
晋文 王 称 阮嗣宗至慎，每与之言，言皆玄 远，未尝

①蜡日：古代于农历年终合祭百神的大祭之日。燕：通"宴"，设宴。　②张华：字茂先，晋惠帝时历任侍中、中书监、司空，以博学著称。形骸：形体。　③辄：总是。难：拒斥。　④疑：忧虑。托：托付。　⑤拯：救援。　⑥王祥：字休徵，琅邪临沂（今山东临沂）人，汉末隐居，后出仕于魏，入晋，官至太保。魏晋间琅邪王氏从王祥及其弟王览起为高门大族。　⑦殊：非常。恒：经常。　⑧闇：暗中。斫：用刀斧砍。　⑨私起：因小便而起床。　⑩憾：怨恨。

zāng pǐ rén wù
臧否人物①。

wáng róng yún　　yǔ jī kāng jū èr shí nián　wèi cháng jiàn qí xǐ yùn zhī sè
王戎云：“与嵇康居二十年，未尝见其喜愠之色。”②

wáng róng　hé qiáo tóng shí zāo dà sāng　jù yǐ xiào chēng　　wáng jī gǔ　zhī
王戎、和峤同时遭大丧，俱以孝称③。王鸡骨④支

chuáng　hé kū qì bèi lǐ　wǔ dì wèi liú zhòng xióng yuē　qīng shuò xǐng wáng　hé fǒu
床，和哭泣备礼。武帝谓刘仲雄曰：“卿数省王、和不？

wén hé āi kǔ guò lǐ　shǐ rén yōu zhī　　zhòng xióng yuē　　hé qiáo suī bèi lǐ　shén qì
闻和哀苦过礼，使人忧之。”⑤仲雄曰：“和峤虽备礼，神气

bù sǔn　wáng róng suī bù bèi lǐ　ér āi huǐ　gǔ lì　　chén yǐ hé qiáo shēng xiào　wáng
不损；王戎虽不备礼，而哀毁⑥骨立。臣以和峤生孝，王

róng sǐ xiào　　bì xià bù yīng yōu qiáo　ér yīng yōu róng
戎死孝。陛下不应忧峤，而应忧戎。”

liáng wáng　zhào wáng　guó zhī jìn shǔ　guì zhòng dāng shí　　péi lìng gōng suì qǐng èr
梁王、赵王，国之近属，贵重当时⑦。裴令公岁请二

guó zū qián shù bǎi wàn　yǐ xù zhōng biǎo zhī pín zhě　　huò jī zhī yuē　　hé yǐ qǐ wù
国租钱数百万，以恤中表之贫者⑧。或讥之曰：“何以乞物

xíng huì　　péi yuē　　sǔn yǒu yú　　bǔ bù zú　tiān zhī dào yě
行惠⑨？”裴曰：“损有余⑩，补不足，天之道也。”

①晋文王：司马昭，字子上，司马懿次子。魏帝曹髦(máo)在位时，继其兄司马师任大将军，后杀曹髦，立曹奂为帝。称晋公，后为晋王。死后谥文，故称晋文王。阮嗣宗：阮籍，字嗣宗，能诗善文，与嵇康齐名。臧否：褒贬，品评。②王戎：字濬冲，仕晋官至尚书左仆射、司徒，因平吴有功，封安丰侯。嵇康：字叔夜，为曹操之子沛王曹林的孙女婿，官至中散大夫。崇尚老庄，注重养生服食。不与掌权的司马氏合作，被司马昭所杀。愠：怒。　③和峤：字长舆，累迁中书令，官至太子少傅。大丧：指父母之丧。④鸡骨：形容瘦瘠的样子。⑤武帝：晋武帝司马炎。刘仲雄：刘毅，字仲雄，官至司隶校尉、尚书左仆射。数：多次。不：同“否”，没有。　⑥哀毁：因居大丧而哀痛伤身。⑦梁王：司马肜，司马懿之子，官至太宰，封梁王。赵王：司马伦，司马懿之子，官至相国，封赵王。国：指晋王朝。近属：近亲。⑧裴令公：裴楷，字叔则，河东闻喜（今山西闻喜）人，入晋任中书令。二国租钱：指梁、赵两个封国的税收。恤：救济。中表：父亲姐妹的儿女叫外表，母亲兄弟姐妹的儿女叫内表，互称中表。⑨行惠：施行恩惠，指以财物与人。⑩损有余：出自《老子》七十七章：“天之道，损有余而补不足。”

世说新语诵读本

wáng píng zǐ　　hú wú yàn guó zhū rén　　jiē yǐ rèn fàng wéi dá　　huò yǒu luǒ tǐ
王 平 子、胡 毋 彦 国 诸 人,皆 以 任 放 为 达,或 有 裸 体

zhě　　　yuè guǎng xiào yuē　　míng jiào zhōng zì yǒu lè dì　　hé wèi nǎi ěr yě
者①。乐 广 笑 曰:"名 教 中 自 有 乐 地,何 为 乃 尔 也?"②

xī gōng zhí yǒng jiā sāng luàn　　zài xiāng lǐ　　shèn qióng něi　　　xiāng rén yǐ gōng míng
郗 公 值 永 嘉 丧 乱,在 乡 里,甚 穷 馁③。乡 人 以 公 名

dé　　chuán gòng sì zhī　　　gōng cháng xié xiōng zǐ mài jí wài shēng　zhōu yì èr xiǎo ér wǎng
德,传 共 饴 之④。公 常 携 兄 子 迈 及 外 生⑤周 翼 二 小 儿 往

shí　　xiāng rén yuē　　gè zì jī kùn　　yǐ jūn zhī xián　　yù gòng jì jūn ěr　　kǒng bù néng
食。乡 人 曰:"各 自 饥 困,以 君 之 贤,欲 共 济 君 耳,恐 不 能

jiān yǒu suǒ cún　　　gōng yú shì dú wǎng shí　　zhé hán fàn zhuó liǎng jiá biān　huán　tǔ yǔ èr
兼 有 所 存。"公 于 是 独 往 食,辄 含 饭 著 两 颊 边,还,吐 与 二

ér　　　hòu bìng dé cún　　tóng guò jiāng　　　xī gōng wáng　　yì wéi shàn xiàn　jiě zhí guī　xí
儿⑥。后 并 得 存,同 过 江。郗 公 亡,翼 为 剡 县,解 职 归,席

shān yú gōng líng chuáng tóu　　xīn sāng zhōng sān nián
苫 于 公 灵 床 头,心 丧 终 三 年⑦。

gù róng zài luò yáng　　　cháng yìng rén qǐng　　jué xíng zhì rén yǒu yù zhì zhī sè　　yīn chuò
顾 荣 在 洛 阳,尝 应 人 请,觉 行 炙 人 有 欲 炙 之 色,因 辍

jǐ shī yān　　　tóng zuò chī　zhī　　róng yuē　　qǐ yǒu zhōng rì zhí zhī　ér bù zhī qí
己 施 焉⑧。同 坐 嗤⑨之。荣 曰:"岂 有 终 日 执 之,而 不 知 其

———————

①王平子:王澄,字平子,晋太尉王衍弟,任荆州刺史,日夜纵酒,不理政事。胡毋彦国:胡毋辅之,字彦国,嗜酒,不羁小节。任放:任性放纵。 ②乐广:字彦辅,与王衍齐名,曾代王戎为尚书令,时称"乐令"。名教:以正定名分为中心的儒家礼教。乐地:快乐的境地。 ③郗公:郗鉴,博览经籍,以儒雅著称,后位至三公。永嘉:晋怀帝年号(在位:307—312)。丧乱:晋惠帝末年,爆发八王之乱,诸王互相攻杀,连续十六年,中原一带,生灵涂炭。随后匈奴刘渊遣石勒等大举南侵,屡破晋军,永嘉五年(311),石勒率军攻晋,歼灭十万晋军,又杀太尉王衍及诸王公。旋攻入京师洛阳,俘获怀帝,杀王公士民三万余人,史称"永嘉之乱"。穷馁:穷困饥饿。 ④名德:名望德行。传:轮流。饴:通"饲",拿食物给人吃。 ⑤外生:即外甥。 ⑥辄:每每,总是。著:放置。颊:脸的两侧从眼到下颌部分。 ⑦为剡县:任剡(今浙江嵊州)县令。苫:居丧期间睡的草垫子。心丧:不穿丧服而在心中悼念。 ⑧顾荣:字彦先,三国吴国丞相顾雍之孙,吴亡,被征召入洛,八王之乱后返回江南,是支持司马睿建立东晋王朝的江南士族领袖。炙:烤肉。辍:中途停止,中断。施:给予,施舍。 ⑨嗤:讥笑。

味者乎？"后遭乱渡江，每经危急，常有一人左右己，问其所以，乃受炙人也①。

周镇罢临川郡还都，未及上，住泊青溪渚，王丞相往看之②。时夏月，暴雨卒至，舫至狭小，而又大漏，殆无复坐处③。王曰："胡威④之清，何以过此！"即启用为吴兴郡⑤。

庾公乘马有的卢，或语令卖去⑥。庾云："卖之必有买者，即复害其主。宁可不安己而移于他人哉？昔孙叔敖杀两头蛇以为后人，古之美谈，效之，不亦达乎？"⑦

阮光禄在剡，曾有好车，借者无不皆给⑧。有人葬母，意欲借而不敢言。阮后闻之，叹曰："吾有车，而使人不敢

①遭乱渡江：西晋末年，中原人民纷纷南下，渡过长江以避战乱。所以：缘由。　②周镇：为官清廉，有政绩。临川：郡名，治所在今江西抚州。还都：返回都城建康（今江苏南京）。青溪：水名，发源于钟山西南，入秦淮河，长十余里。渚：水中小块陆地，这里指水边。王丞相：王导，字茂弘，琅邪临沂（今山东临沂）人。辅佐司马睿在建康称帝，任丞相。　③夏月：夏季。卒：同"猝"，突然。舫：船。　④胡威：少有节操，父胡质为荆州刺史，他前往探望。父赠其绢一匹，威问清楚绢是父俸禄之余，方才接受。　⑤启用：举用。吴兴郡：作吴兴郡守。吴兴治所在今浙江湖州，是东晋时期的经济发达地区。　⑥庾公：庾亮，字元规，妹为东晋明帝皇后，历仕元帝、明帝、成帝三朝，以帝舅身份与王导一同辅政，任中书令，后参与平定苏军之乱，任征西将军。的卢：马名，其貌为白额入口至齿，传说是凶马，会给主人带来厄运。　⑦孙叔敖：春秋时楚国令尹，相传他儿时在路上见到两头蛇，据说看到的人必死，他怕别人再看到，就把两头蛇打死并埋掉。达：通达，明白事理。　⑧阮光禄：阮裕，字思旷，曾任金紫光禄大夫。

借，何以车为？"遂焚之。

谢公①夫人教儿，问太傅："那得初不见君教儿？"答曰："我常自教儿②。"

晋简文为抚军时，所坐床上，尘不听拂，见鼠行迹，视以为佳③。有参军见鼠白日行，以手板批杀之，抚军意色不说④。门下起弹，教曰："鼠被害，尚不能忘怀；今复以鼠损人，无乃不可乎？"⑤

范宣⑥年八岁，后园挑菜，误伤指，大啼。人问："痛邪？"答曰："非为痛，身体发肤，不敢毁伤，是以啼耳！"⑦宣洁行廉约，韩豫章遗绢百匹，不受⑧。减五十匹，复不受。如是减半，遂至一匹，既终不受。韩后与范同载，就车中

世说新语诵读本

①谢公：谢安，字安石，陈郡阳夏（今河南太康）人，少以清谈知名，隐居东山，后出仕，为宰相，卒后追赠太傅。②自教儿：指用自己的言行潜移默化教育孩子。③简文：晋简文帝司马昱（yù），晋元帝司马睿少子，初封琅邪王，徙封会稽王。历事数朝，位居丞相，而大权归于桓温。后被桓温立为帝，不到一年，病死。为抚军：穆帝时，司马昱以抚军大将军总理政务。听：听从，接受。拂：擦拭。④参军：官名，晋以后军府及王国置为官员，助理政事。手板：即笏，古代官员随身携带的狭长形小板，质地有竹、木、象牙之别，插于腰带，有事就握在手中以记事。批：击。说：同"悦"，愉快。⑤门下：下属。弹：弹劾。教：古代称王侯、大臣发布的指示、命令。无乃：恐怕。⑥范宣：字宣子，幼聪慧，好学不倦，精于"三礼"，屡征不仕，以讲授儒学为业。⑦身体发肤，不敢毁伤：出自《孝经·开宗明义章》。⑧洁行廉约：品行纯洁，生活俭约。韩豫章：韩伯，字康伯，曾官豫章太守。遗：赠送。匹：布帛四丈为一匹。

liè èr zhàng yǔ fàn yún rén nìng kě shǐ fù wú kūn yé fàn xiào ér shòu zhī
裂二丈与范,云:"人宁可使妇无裈邪?"①范笑而受之。

yīn zhòng kān jì wéi jīng zhōu zhí shuǐ jiǎn shí cháng wǔ wǎn pán wài wú yú
殷仲堪既为荆州,值水,俭食,常五碗盘,外无余

yáo fàn lì tuō luò pán xí jiān zhé shí yǐ dàn zhī suī yù shuài wù yì yuán qí
肴②。饭粒脱落盘席间,辄拾以啖③之。虽欲率物,亦缘其

xìng zhēn sù měi yù zǐ dì yún wù yǐ wǒ shòu rèn fāng zhōu yún wǒ huò píng xī shí
性真素④。每语子弟云:"勿以我受任方州,云我豁平昔时

yì jīn wú chǔ zhī bù yì pín zhě shì zhī cháng yān dé dēng zhī ér juān qí běn
意。今吾处之不易。贫者,士之常,焉得登枝而捐其本!

ěr cáo qí cún zhī
尔曹其存之。"⑤

huán nán jùn jì pò yīn jīng zhōu shōu yīn jiàng zuǒ shí xǔ rén zī yì luó qǐ shēng
桓南郡既破殷荆州,收殷将佐十许人,咨议罗企生

yì zài yān huán sù dài qǐ shēng hòu jiāng yǒu suǒ lù xiān qiǎn rén yù yún ruò xiè
亦在焉⑥。桓素待企生厚,将有所戮,先遣人语云:"若谢⑦

wǒ dāng shì zuì qǐ shēng dá yuē wéi yīn jīng zhōu lì jīn jīng zhōu bēn wáng cún
我,当释罪。"企生答曰:"为殷荆州吏,今荆州奔亡,存

wáng wèi pàn wǒ hé yán xiè huán gōng jì chū shì huán yòu qiǎn rén wèn yù hé
亡未判,我何颜谢桓公?"既出市⑧,桓又遣人问:"欲何

yán dá yuē xī jìn wén wáng shā jī kāng ér jī shào wéi jìn zhōng chén cóng gōng
言?"答曰:"昔晋文王杀嵇康,而嵇绍为晋忠臣⑨。从公

---

①同载:同乘一辆车。裈:裤子。 ②殷仲堪:善清谈,与韩康伯齐名。曾任荆州刺史,后被桓玄所杀。值水:赶上水灾。五碗盘:魏晋时期流行于南方的一种成套食器,由一个圆形托盘和盛放在其中的五只小碗组成,形制较小,亦称"五盏盘"。肴:荤菜,指鱼、肉等菜肴。 ③啖:吃。 ④率物:做众人的榜样。真素:淳朴,自然。 ⑤方州:大州。豁:舍弃。捐:放弃。尔曹:你们。 ⑥桓南郡:桓玄,字敬道,桓温子,袭父爵为南郡公。晋安帝时为江州刺史、都督荆州等八郡军事,元兴二年(403)率军攻入建康,篡晋,建国号楚,后被刘裕所杀。殷荆州:殷仲堪。咨议:晋以后诸王府设咨议参军,备咨询谋议。罗企生:字宗伯,豫章人。 ⑦谢:道歉。 ⑧市:指杀人刑场。 ⑨晋文王:司马昭。嵇绍:字延祖,嵇康子。十岁而孤,二十八岁出仕,官至侍中,性情刚烈,敢于直谏,因护卫惠帝,被乱兵射杀。

乞一弟以养老母。"桓亦如言宥①之。桓先曾以一羔裘与

企生母胡,胡时在豫章,企生问②至,即日焚裘。

王恭从会稽还,王大看之③。见其坐六尺簟,因语

恭:"卿东来,故应有此物,可以一领及我。"④恭无言。大

去后,既举所坐者送之。既无余席,便坐荐⑤上。后大闻

之,甚惊,曰:"吾本谓卿多,故求耳。"对曰:"丈人不悉恭,

恭作人无长物。"⑥

吴郡陈遗,家至孝,母好食铛底焦饭⑦。遗作郡主簿,

恒装一囊,每煮食,辄贮录焦饭,归以遗母⑧。后值孙恩

贼出吴郡,袁府郡即日便征,遗已聚敛得数斗焦饭,未展

归家,遂带以从军⑨。战于沪渎⑩,败。军人溃散,逃走山

①宥:宽恕,赦免。 ②问:音问,消息,此指凶讯。 ③王恭:字孝伯,太原晋阳(今山西太原)人,王蕴之子,晋孝武帝王皇后兄,出为前将军,兖、青二州刺史,后与桓玄、殷仲堪起兵讨权臣司马道子,兵败自杀。会稽:郡名,治所在今浙江绍兴。王大:王忱,字元达,小字佛大。王忱与王恭同族,高王恭一辈。 ④簟:竹席。卿:六朝语,尊称卑,平辈而亲昵的,可称"卿"。 ⑤荐:草垫子。 ⑥悉:知道,了解。长物:多余的东西。 ⑦吴郡:郡名,治所在今江苏苏州。铛:平底锅。 ⑧主簿:负责文书簿籍以及印鉴的官员。贮录:储藏。遗:送给。 ⑨孙恩:世代信奉五斗米道,于西晋末年聚众起事,以东南海岛为依托,往来攻打会稽、京口、建康等地,后被刘裕所败,投水死。袁府君:袁山松,吴郡太守,孙恩起事,兵败而死。征:行,指出征。未展:未及。 ⑩沪渎:水名,今吴淞江下游近海一段。

zé jiē duō jī sǐ yí dú yǐ jiāo fàn dé huó shí rén yǐ wéi chún xiào zhī bào yě
泽,皆多饥死,遗独以焦饭得活。时人以为纯孝之报也。

wú dào zhù fù zǐ xiōng dì jū zài dān yáng jùn hòu zāo mǔ tóng fū rén jiān zhāo
吴道助、附子兄弟居在丹阳郡后,遭母童夫人艰,朝

xī kū lìn jí sī zhì bīn kè diào xǐng háo yǒng āi jué lù rén wèi zhī luò lèi
夕哭临①。及思至宾客吊省,号踊哀绝,路人为之落泪②。

hán kāng bó shí wéi dān yáng yǐn mǔ yīn zài jùn měi wén èr wú zhī kū zhé wéi qī
韩康伯时为丹阳尹,母殷在郡,每闻二吴之哭,辄为凄

cè yù kāng bó yuē rǔ ruò wéi xuǎn guān dāng hǎo liào lǐ cǐ rén kāng bó yì
恻③。语康伯曰:"汝若为选官,当好料理此人。"④康伯亦

shèn xiāng zhī hán hòu guǒ wéi lì bù shàng shū dà wú bù miǎn āi zhì xiǎo wú suì dà
甚相知。韩后果为吏部尚书。大吴不免哀制,小吴遂大

guì dá
贵达⑤。

①吴道助:吴坦之,字处靖,小字道助。仕西中郎将袁真功曹。附子:吴隐之,字处默,小字附子。历任晋陵太守、广州刺史等职,以清廉著称。丹阳:治所在今江苏南京东南。郡后:指丹阳郡府舍的后面。艰:忧,遭遇父母之丧,或称丁艰、丁忧。哭临:举行仪式痛哭哀悼去世的父母。②思至:通"缌经",指穿孝服守孝。吊省:哀悼死者,看望家属。号踊:号哭顿足。③母殷:母亲殷夫人。凄恻:悲痛,哀伤。④选官:负责选举之官。料理:安排,引申为照顾。⑤不免哀制:吴道助因守孝期间悲伤过重而死。贵达:显贵发达。

世说新语诵读本

边文礼见袁奉高，失次序①。奉高曰："昔尧聘许由，面无怍色，先生何为颠倒衣裳？"②文礼答曰："明府③初临，尧德未彰，是以贱民颠倒衣裳耳。"

徐孺子④年九岁，尝月下戏。人语之曰："若令月中无物⑤，当极明邪？"徐曰："不然。譬如人眼中有瞳子⑥，无此必不明。"

孔文举⑦年十岁，随父到洛。时李元礼有盛名，为司隶校尉，诣门者皆俊才清称及中表亲戚乃通⑧。文举至

①边文礼：边让，字文礼。官九江太守，献帝时因世乱归家，后因非议曹操被杀。袁奉高：袁阆，字奉高。失次序：犹言手足无措。　②许由：相传是尧时人，隐居于箕山，尧要让位给他，不受。又请他为九州长，许由认为有污耳朵，遂洗耳于颍水。怍色：愧色。颠倒衣裳：出自《诗经·齐风·东方未明》，意谓臣下以为天色已明而急于上朝，以致举止慌乱。后来用以比喻急忙窘迫有失常态。　③明府：汉魏以来对太守的尊称。　④徐孺子：徐稺(zhì)，字孺子。⑤若令月中无物：古人认为月中有玉兔和蟾蜍。　⑥瞳子：瞳孔。　⑦孔文举：孔融，字文举，孔子后裔，曾任北海相、太中大夫等职，恃才负气，后因触怒曹操，被杀。　⑧李元礼：李膺，字元礼。司隶校尉：掌管纠察京师百官。诣：至，到。中表：泛指内外亲属。通：通报。

门，谓吏曰："我是李府君①亲。"既通，前坐。元礼问曰："君与仆②有何亲？"对曰："昔先君仲尼与君先人伯阳有师资之尊，是仆与君奕世为通好也。"③元礼及宾客莫不奇之。

太中大夫陈韪后至，人以其语语之④。韪曰："小时了了⑤，大未必佳！"文举曰："想君小时，必当了了！"韪大踧踖⑥。

孔融被收，中外惶怖⑦。时融儿大者九岁，小者八岁。二儿故琢钉戏，了无遽容⑧。融谓使者曰："冀罪止于身，二儿可得全不？"⑨儿徐进曰："大人岂见覆巢之下，复有完卵乎？"寻⑩亦收至。

颍川太守髡陈仲弓⑪。客有问元方："府君如何？"⑫元方曰："高明之君也。""足下家君如何？"曰："忠

①府君：当时李膺以司隶校尉兼洛阳太守，故称。　②仆：古代男子对自己的谦称。　③仲尼：孔子名丘，字仲尼。伯阳：相传老子姓李，名耳，字伯阳。师资：老师。相传孔子曾向老子问礼。奕世：累世，一代接一代。通好：通家之好，指世代交谊甚厚。　④太中大夫：主管议论政事。陈韪：东汉桓帝时任太中大夫。　⑤了了：聪明伶俐。　⑥踧踖：局促不安的样子。　⑦收：逮捕。惶怖：恐惧。　⑧故：仍旧。琢钉戏：古代一种儿童游戏。了：全。遽：惊慌。　⑨冀：希望。不：同"否"。　⑩寻：不久。　⑪颍川：郡名，辖境在今河南中部地区，治所在今河南许昌。髡：古代一种剪去罪犯头发的刑罚。陈仲弓：陈寔，字仲弓。　⑫府君：汉代对太守的尊称。

臣孝子也。"客曰："《易》称：'二人同心，其利断金；同心之言，其臭①如兰。'何有高明之君，而刑忠臣孝子者乎？"元方曰："足下言何其谬也！故不相答。"客曰："足下但因伛②为恭，而不能答。"元方曰："昔高宗放孝子孝己，尹吉甫放孝子伯奇，董仲舒放孝子符起③。唯此三君，高明之君；唯此三子，忠臣孝子。"客惭而退。

荀慈明与汝南袁阆相见，问颍川人士，慈明先及诸兄④。阆笑曰："士但可因亲旧而已乎？"慈明曰："足下相难⑤，依据者何经？"阆曰："方问国士，而及诸兄，是以尤之耳。"⑥慈明曰："昔者祁奚内举不失其子，外举不失其仇，以为至公⑦。公旦《文王》之诗，不论尧、舜之德而颂

①臭：气味，这里指香气。②伛：驼背。③高宗放孝子孝己：相传殷高宗武丁有贤子名孝己，其母早死，武丁惑于后妻之言，把孝己放逐而死。尹吉甫放孝子伯奇：相传周宣王时期贤臣尹吉甫误听后妻谗言，放逐前妻所生之子伯奇。董仲舒：西汉景帝时博士，武帝时任江都相，太中大夫，后免官家居，为一代大儒。放孝子符起：此事不详。
④荀慈明：荀爽，字慈明，荀淑第六子。诸兄：荀淑有八子，俱有名。世号"颍川八龙"。⑤难：责难。⑥国士：一国之内的杰出人才。尤：责备，怪罪。⑦祁奚：春秋时期晋国人，官中军尉，告老还乡，推荐大夫解狐继任，解狐一向与祁奚有仇。解狐死了，祁奚再推荐其子祁午。仇：仇敌。

wén　wǔ zhě　　qīn qīn zhī yì yě　　　　chūn qiū　zhī yì　　nèi qí guó ér wài zhū xià
文、武者，亲亲之义也①。《春秋》之义，内其国而外诸夏②。

qiě bù ài qí qīn ér ài tā rén zhě　　bù wéi bèi　dé hū
且不爱其亲而爱他人者，不为悖③德乎？”

　　mí héng bèi wèi wǔ zhé wéi gǔ　lì　　zhèng yuè bàn shì gǔ　　héng yáng fú wéi　yú
祢衡被魏武谪为鼓吏，正月半试鼓④。衡扬枹为《渔

yáng càn zhuā　　yuān yuān yǒu jīn shí shēng　　sì zuò wèi zhī gǎi róng　　kǒng róng yuē　　mí
阳掺挝》，渊渊有金石声，四坐为之改容⑤。孔融曰：“祢

héng zuì tóng xū mí　　bù néng fā míng wáng zhī mèng　　　wèi wǔ cán ér shè　zhī
衡罪同胥靡，不能发明王之梦。”⑥魏武惭而赦⑦之。

　　nán jùn páng shì yuán wén sī mǎ dé cāo zài yǐng chuān　　gù èr qiān lǐ hòu zhī
南郡庞士元闻司马德操在颍川，故二千里候之⑧。

zhì　　yù dé cāo cǎi sāng　　shì yuán cóng chē zhōng wèi yuē　　wú wén zhàng fū chǔ shì　dāng
至，遇德操采桑，士元从车中谓曰：“吾闻丈夫处世，当

dài jīn pèi zǐ　　yān yǒu qū hóng liú zhī liàng　ér zhí sī fù zhī shì　　dé cāo yuē
带金佩紫⑨，焉有屈洪流之量，而执丝妇之事？”德操曰：

　zǐ qiě xià chē　　zǐ shì　zhī xié jìng zhī sù　　bù lǜ shī dào zhī mí　　xī bó chéng ǒu
“子且下车，子适⑩知邪径之速，不虑失道之迷。昔伯成耦

gēng　　bù mù zhū hóu zhī róng　　yuán xiàn sāng shū　　bù yì yǒu guān zhī zhái　　hé yǒu zuò zé
耕，不慕诸侯之荣；原宪桑枢，不易有官之宅⑪。何有坐则

---

①公旦：周公姬旦，文王之子，辅佐武王、成王。《文王》之诗：《诗经·大雅》有《文王之什》，称颂文王之德及武王之功，相传为周公所作。　②内：亲近。外：疏远。诸夏：周天子分封的中原各国。此句出自《公羊传·成公十五年》。③悖：违背。　④祢衡：字正平，少有才辩，性情刚烈，恃才傲物。魏武：曹操，死后被追谥为魏武帝。谪：降职，贬官。孔融将祢衡推荐给曹操，他称病不去，还有所议论，曹操怒而召为鼓吏。　⑤枹：鼓槌。渔阳掺挝：古代鼓曲名。渊渊：形容鼓声激越。金石：钟磬类乐器。　⑥胥靡：服刑的犯人。这里指傅说(yuè)，傅说本为犯人，后被武丁用为大臣。发：引发。明王：贤明的君王。表面指武丁，实则影射曹操。　⑦赦：宽免罪过。　⑧南郡：郡名，治所在今湖北江陵。庞士元：庞统，字士元，号凤雏，后辅佐刘备入川，中箭而亡。司马德操：司马徽，字德操，善识人，人称“水镜”，曾向刘备推荐庞统、诸葛亮。故：故意。候：拜访，探望。　⑨带金佩紫：秦汉时的相国、列侯可带金印，佩紫绶，后指高官显爵。⑩适：只，仅仅。　⑪伯成：伯成子高，相传是尧时诸侯，夏禹为天子，他辞诸侯而从事农耕。耦耕：古代耕作方式，两人各执一耜，并肩而耕。原宪：字子思，孔子弟子，相传其安贫乐道。桑枢：桑木制的门户转轴，形容居室简陋。

世说新语诵读本

华屋，行则肥马，侍女数十，然后为奇？此乃许、父所以慷

慨，夷、齐所以长叹①。虽有窃秦之爵，千驷之富，不足贵

也！"②士元曰："仆生出边垂，寡见大义。若不一叩洪钟，

伐雷鼓，则不识其音响也。"③

何平叔云："服五石散，非唯治病，亦觉神明开朗。"④

嵇中散语赵景真："卿瞳子白黑分明，有白起之风，

恨量小狭。"⑤赵云："尺表能审玑衡之度，寸管能测往复

之气⑥。何必在大，但问识如何耳！"

司马景王东征，取上党李喜，以为从事中郎⑦。因

问喜曰："昔先公辟君不就，今孤召君，何以来？"⑧喜对曰：

　　①许、父：许由、巢父，尧舜时代的隐士。夷、齐：伯夷、叔齐，商代孤竹君二子，不食周粟而死。　②窃秦之爵：指吕不韦以诈谋获得秦国的高官显爵。驷：古代一车套四马，因以称驾一车之四马或四马所驾之车。　③垂：通"陲"，边疆，边地。寡：少。洪钟：大钟。伐：敲击。雷鼓：古乐器，祭祀天神时使用。　④何平叔：何晏，字平叔，东汉大将军何进之孙，其母为曹操所纳，遂为曹操所收养。累官吏部尚书，掌管选举，崇尚清谈，后因党附曹爽，被司马懿所杀。五石散：又名寒食散，以紫石英、白石英、赤石脂、钟乳、硫黄五种药石为主，佐以人参、白术、桔梗、防风、附子等草药配制而成。神明：精神。　⑤嵇中散：嵇康，官中散大夫。赵景真：赵至，字景真，出身贫寒，苦读成名，官至辽东从事，以断狱精审著称。白起：战国时秦国名将。量：气量，器度。小：稍微。　⑥尺表：一尺长的仪表，指测日影的标杆。审：详究，细察。玑衡：璇玑玉衡，古代观测天体的仪器，这里指天体运行。度：计量长短的标准。寸管：一寸长的律管。往复：往来。　⑦司马景王：司马师，字子元，司马懿长子。晋国建立，追封为景王。上党：郡名，今山西长治一带。李喜：少有高行，博学，朝廷屡征不就。从事中郎：将帅的幕僚。　⑧先公：子女称去世的父亲，这里指司马懿。辟：征召，招聘。孤：王侯自称。

"先公以礼见待，故得以礼进退；明公以法见绳，喜畏法而至耳。"①

嵇中散既被诛，向子期举郡计入洛，文王引进，问曰："闻君有箕山之志，何以在此？"②对曰："巢、许狷介之士，不足多慕！"③王大咨嗟④。

诸葛靓⑤在吴，于朝堂大会。孙皓⑥问："卿字仲思，为何所思？"对曰："在家思孝，事君思忠，朋友思信，如斯而已。"

蔡洪赴洛，洛中人问曰："幕府初开，群公辟命，求英奇于仄陋，采贤俊于岩穴。君吴、楚之士，亡国之余，有何异才而应斯举？"⑦蔡答曰："夜光之珠，不必出于孟津之

---

①明公：对有名位者的尊称，此指司马师。绳：约束。 ②向子期：向秀，字子期，与阮籍、嵇康友善。举：接受举荐。计：计吏，地方负责财务的官员。文王：司马昭。箕山：今河南登封东南，相传许由隐居于此，后代指隐居。 ③巢、许：巢父、许由。狷介：洁身自好，孤傲不群。 ④咨嗟：赞叹。 ⑤诸葛靓：魏司空诸葛诞少子，诸葛诞叛魏，遣诸葛靓入吴为人质。仕吴为右将军、大司马。 ⑥孙皓：孙权之孙，吴国末代君主。晋灭吴，归降，封归命侯。 ⑦蔡洪：吴郡（今江苏苏州）人。晋朝建立，他举秀才，赴洛阳。幕府：古代将领出征，施用帐幕，故称将军府为幕府，后亦泛指军政大员的官署。辟命：征召任命，这里指求取贤才。仄陋：指出身卑微。岩穴：山洞，指隐士所居之处。吴、楚：指三国东吴所处的东南一带。

17

河；盈握之璧，不必采于昆仑之山①。大禹生于东夷，文王生于西羌②。圣贤所出，何必常处③。昔武王伐纣，迁顽民于洛邑，得无诸君是其苗裔乎？"④

诸名士共至洛水戏，还，乐令问王夷甫曰："今日戏，乐乎？"⑤王曰："裴仆射善谈名理，混混有雅致；张茂先论《史》、《汉》，靡靡可听；我与王安丰说延陵、子房，亦超超玄著。"⑥

王武子、孙子荆各言其土地人物之美⑦。王云："其地坦而平，其水淡而清，其人廉且贞。"孙云："其山嶵巍以嵯峨，其水㳌渫而扬波，其人磊砢而英多。"⑧

①夜光之珠：夜明珠。孟津：古黄河渡口。盈握之璧：手握满把的玉璧。昆仑：神话传说中的仙境，又以产美玉著称。②东夷：东方民族，此指其所居之地。西羌：西北民族，此亦指其所居之地。③常处：固定的地方。④迁顽民于洛邑：武王灭商，把殷商不驯服的遗民迁移到洛阳。得无：莫非，或许。苗裔：后代子孙。⑤乐令：乐广。王夷甫：王衍，字夷甫，琅邪临沂（今山东临沂）人，王戎堂弟。喜谈老庄，崇尚浮华，为当时名士之首。累官尚书令、司空、司徒、太尉，后被石勒所杀。⑥裴仆射：裴頠（wěi），累官侍中、尚书左仆射。尊崇礼法，撰《崇有论》。名理：名实义理，指辨析事物的名和理的是非同异。混混：波涛滚滚的样子，比喻说话滔滔不绝。张茂先：张华。靡靡：娓娓动听的样子。王安丰：王戎。延陵：春秋时吴公子季札，封于延陵，被称为延陵季子。子房：西汉张良，字子房，辅佐刘邦定天下，封留侯。超超玄著：议论高超玄妙。⑦王武子：王济，字武子。太原晋阳（今山西太原）人。孙子荆：孙楚，字子荆，太原中都（今山西平遥西）人。⑧嶵巍：同"崔嵬"，山势高峻雄壮的样子。嵯峨：山高峻的样子。㳌渫：波浪重叠相连的样子。磊砢：树木多节的样子，比喻人有奇才异能。

陆机诣王武子,武子前置数斛羊酪,指以示陆曰:"卿江东何以敌此?"①陆云:"有千里莼羹,但未下盐豉耳!"②

元帝始过江,谓顾骠骑曰:"寄人国土,心常怀惭。"③荣跪对曰:"臣闻王者以天下为家,是以耿、亳无定处,九鼎迁洛邑,愿陛下勿以迁都为念。"④

过江诸人,每至美日,辄相邀新亭,藉卉饮宴⑤。周侯⑥中坐而叹曰:"风景不殊,正自有山河之异!"皆相视流泪。唯王丞相愀然变色曰:"当共戮力王室,克复神州,何至作楚囚相对?"⑦

卫洗马初欲渡江,形神惨顿,语左右云:"见此芒芒,

①陆机:字士衡,吴郡华亭(今上海松江)人。祖父陆逊、父亲陆抗,都是东吴将相。晋灭吴,他与弟弟陆云一起被征召入洛,曾任平原内史,后事成都王司马颖,任后将军,河北大都督,攻长沙王司马乂,兵败,受谗言,与弟一同被成都王所杀。斛:容量单位,十斗为一斛。羊酪:羊奶制成的半凝固食品。江东:古称长江芜湖、南京以下的长江南岸地区。敌:匹敌,相当。 ②莼羹:用莼菜叶和茎做的羹汤,是吴地的风味名菜。盐豉:即豆豉,用黄豆煮熟后发酵做成的食品,也可用来做调味品。 ③元帝:司马睿,司马懿曾孙,永嘉元年(307)任安东将军、都督扬州诸军事,以王导为辅佐,出镇建康。后立为帝,开创东晋王朝。顾骠骑:顾荣,死后赠侍中、骠骑将军。 ④耿:故址在今河南温县东,商代前期建都于此。亳:今河南商丘北,商汤曾建都于此。九鼎:相传大禹用九州之金铸成九鼎,为王位的象征。商灭夏,迁于商邑;周灭商,又迁于洛邑。洛邑:洛阳。 ⑤新亭:亭名,三国东吴所建,旧址在今江苏南京西南长江边。藉:坐卧在某物上。卉:草的总称。 ⑥周侯:周颛(yǐ),字伯仁,袭父爵武城侯,官至尚书左仆射。 ⑦愀然:面色改变的样子。戮力:勉力。神州:此指中原失陷地区。楚囚:战国楚人钟仪被晋国俘虏,晋侯让他鼓琴,他奏楚声,以示不忘故国。

bù jué bǎi duān jiāo jí　　　gǒu wèi miǎn yǒu qíng　　yì fù shuí néng qiǎn cǐ
不觉百端交集。苟未免有情,亦复谁能遣此!"①

liú kūn suī gé hé kòu róng　zhì cún běn cháo　wèi wēn qiáo yuē　　bān biāo shí liú shì
刘琨虽隔阂寇戎,志存本朝,谓温峤曰:"班彪识刘氏

zhī fù xīng　mǎ yuán zhī hàn guāng zhī kě fǔ　　jīn jìn zuò suī shuāi　tiān mìng wèi gǎi
之复兴,马援知汉光之可辅。今晋祚虽衰,天命未改。

wú yù lì gōng yú hé běi　　shǐ qīng yán yù yú jiāng nán　zǐ qí xíng hū　　　wēn yuē
吾欲立功于河北,使卿延誉于江南,子其行乎?"②温曰:

qiáo suī bù mǐn　cái fēi xī rén　míng gōng yǐ huán wén zhī zī　jiàn kuāng lì zhī gōng
"峤虽不敏,才非昔人,明公以桓、文之姿,建匡立之功,

qǐ gǎn cí mìng
岂敢辞命!"③

wēn qiáo chū wéi liú kūn shǐ lái guò jiāng　　yú shí　jiāng zuǒ yíng jiàn shǐ ěr　gāng jì
温峤初为刘琨使来过江。于时,江左营建始尔,纲纪

wèi jǔ　　wēn xīn zhì　shēn yǒu zhū lǜ　　jì yì wáng chéng xiàng　chén zhǔ shàng yōu yuè
未举④。温新至,深有诸虑。既诣王丞相,陈主上幽越,

shè jì fén miè　shān líng yí huǐ zhī kù　yǒu shǔ lí zhī tòng　　wēn zhōng kǎi shēn liè　yán
社稷焚灭,山陵夷毁之酷,有黍离之痛⑤。温忠慨深烈,言

yǔ sì　　jù　chéng xiàng yì yǔ zhī duì qì　　xù qíng jì bì　biàn shēn zì chén jié　chéng
与泗⑥俱,丞相亦与之对泣。叙情既毕,便深自陈结,丞

---

①卫洗马:卫玠(jiè),风神秀美,雅善玄言,官太子洗马。惨怆:忧伤憔悴的样子。芒芒:通"茫茫",广大的样子。遣:排遣。　②刘琨:字越石,少与祖逖(tì)一起闻鸡起舞,西晋末年任并州刺史,大将军,力拒匈奴、鲜卑,后被鲜卑贵族段匹磾(dī)所害。隔阂:阻隔。寇戎:指入侵的外族。温峤:字太真,刘琨外甥,后奉刘琨之命南下拥戴晋王司马睿,官至中书令。班彪:字叔皮,班固的父亲。西汉末年,著《王命论》,称述汉德,谓刘氏应承嗣汉命。马援:字文渊,东汉初任陇西太守、伏波将军。汉光:东汉光武帝刘秀。祚:皇位,国统。延誉:传扬声誉。　③明公:对有名位者的尊称。桓、文:指春秋时期的齐桓公和晋文公,先后建立霸业。姿:才能、才干。匡立:匡正天下,扶立王室。　④江左:指长江下游以东地区,这里指东晋王朝。始尔:刚刚开始。纲纪:法度,秩序。举:建立。　⑤王丞相:王导。主上:指晋愍(mǐn)帝。幽越:幽囚颠越。此指匈奴攻破长安,晋愍帝出降,受辱后被害。社稷:祭祀土神和谷神的祭坛,此指国家。山陵:指帝王坟墓。夷毁:削平摧毁。黍离:《诗经·王风·黍离》写周大夫感伤西周故都镐(hào)京宫室宗庙尽为禾黍,后代指亡国之悲。　⑥泗:鼻涕。

xiàng yì hòu xiāng chóu nà

相亦厚相酬纳①。既出，欢然言曰："江左自有管夷吾②，

cǐ fù hé yōu

此复何忧？"

xī tài wèi bài sī kōng　yù tóng zuò yuē　píng shēng yì bù zài duō　zhí shì gù fēn

郗太尉拜司空，语同坐曰："平生意不在多，值世故纷

yún　suì zhì tái dǐng　zhū bó hàn yīn　shí kuì yú huái

纭，遂至台鼎。朱博翰音，实愧于怀。"③

gāo zuò dào rén　bù zuò hàn yǔ　huò wèn cǐ yì　jiǎn wén　yuē　yǐ jiǎn yìng duì

高坐道人④不作汉语。或问此意，简文⑤曰："以简应对

zhī fán

之烦。"

zhōu pú yè yōng róng hǎo yí xíng　　yì wáng gōng　chū xià chē　yǐn shù rén　wáng

周仆射雍容好仪形⑥。诣王公，初下车，隐数人，王

gōng hán xiào kàn zhī　　jì zuò　ào rán xiào yǒng　　wáng gōng yuē　qīng yù xī jī

公含笑看之⑦。既坐，傲然啸咏⑧。王公曰："卿欲希嵇、

ruǎn　yé　dá yuē　hé gǎn jìn shě míng gōng　yuǎn xī jī ruǎn

阮⑨邪？"答曰："何敢近舍明公⑩，远希嵇、阮！"

zhì zhān céng zuò sì jùn tài shǒu　dà jiāng jūn hù cáo cān jūn　fù chū zuò nèi shǐ

挚瞻曾作四郡太守、大将军户曹参军，复出作内史，

nián shǐ èr shí jiǔ　　cháng bié wáng dūn　dūn wèi zhān yuē　qīng nián wèi sān shí　yǐ wéi

年始二十九⑪。尝别王敦，敦谓瞻曰："卿年未三十，已为

①陈结：陈述交结。酬纳：酬答接纳。②管夷吾：管仲，春秋名相，辅佐齐桓公九合诸侯，成就霸业。③郗太尉：郗鉴。拜：按照一定仪式授予官职，犹言被任命为。台鼎：三台星与三足鼎，比喻三公之位。朱博：西汉哀帝时为丞相，后因事自杀，其受策命时，忽闻一声如钟鸣，时人以为是人君不明，空名得进的征兆。翰音：飞向高空的声音。④高坐道人：东晋高僧帛尸梨蜜多罗的别称。⑤简文：东晋简文帝司马昱。⑥雍容：仪态大方从容。仪形：仪容形貌。⑦王公：王导。隐：依靠。⑧啸：吹口哨，发长声。咏：有节奏地朗诵或歌唱。⑨嵇、阮：嵇康、阮籍。⑩明公：此指王导。⑪挚瞻：善作文，官至随郡内史。大将军：指王敦，字处仲，琅邪临沂人，王导从兄，与王导拥戴司马睿建立东晋，任大将军荆州牧，后叛乱，病死军中。

wàn shí   yì tài zǎo   zhān yuē   fāng yú jiāng jūn   shǎo wéi tài zǎo   bǐ zhī gān luó
万石，亦太蚤。"① 瞻曰："方于将军，少为太早；比之甘罗，

yǐ wéi tài lǎo
已为太老。"②

xiè rén zǔ nián bā suì   xiè yù zhāng jiāng sòng kè   ěr shí yǔ yǐ shén wù   zì cān
谢仁祖年八岁，谢豫章 将 送客，尔时语已神悟，自参

shàng liú   zhū rén xián gòng tàn zhī   yuē   nián shào   yī zuò zhī yán huí   rén zǔ
上流③。诸人咸共叹之，曰："年少，一坐之颜回④。"仁祖

yuē   zuò wú ní fù   yān bié yán huí
曰："坐无尼父，焉别颜回？"⑤

zhú fǎ shēn zài jiǎn wén zuò   liú yǐn wèn   dào rén hé yǐ yóu zhū mén   dá yuē
竺法深在简文坐，刘尹问："道人何以游朱门？"⑥答曰：

jūn zì jiàn zhū mén   pín dào rú yóu péng hù   huò yún biàn lìng
"君自见朱门，贫道如游蓬户⑦。"或云卞令⑧。

sūn qí yóu   qí zhuāng èr rén   xiǎo shí yì yǔ gōng   gōng wèn qí yóu hé zì
孙齐由、齐 庄 二人，小时诣庾公⑨。公问齐由何字，

dá yuē   zì qí yóu   gōng yuē   yù hé qí yé   yuē   qí xǔ yóu   qí
答曰："字齐由。"公曰："欲何齐⑩邪？"曰："齐许由⑪。"齐

zhuāng hé zì   dá yuē   zì qí zhuāng   gōng yuē   yù hé qí   yuē   qí zhuāng
庄 何字，答曰："字齐 庄 。"公曰："欲何齐？"曰："齐庄

zhōu   gōng yuē   hé bù mù zhòng ní ér mù zhuāng zhōu   duì yuē   shèng rén shēng
周⑫。"公曰："何不慕仲尼而慕 庄 周？"⑬对曰："圣人生

---

①万石：万石之俸禄，指高官。蚤：通"早"。 ②方：比。少：稍微。甘罗：战国人，十二岁为吕不韦家臣，受命出使赵国，说服赵王割五城与秦国，以功封上卿。 ③谢仁祖：谢尚，字仁祖，谢鲲（kūn）之子。谢豫章：谢鲲，字幼舆，酷好《老子》《周易》，放达不修边幅，不屑政事，日夜纵酒，后出为豫章太守。自参：参与。自，无实义。上流：上品，上等人物。 ④颜回：孔子弟子，以德行著称。 ⑤尼父：对孔子的尊称。别：识别。 ⑥竺法深：晋代高僧，俗姓王，名潜，一名道潜，字法深。十八岁出家，永嘉年间渡江，为晋元帝、明帝以及王导、庾亮所礼敬。刘尹：刘惔（tán），字真长，官至丹阳尹，为政清静，好老庄，善玄谈。道人：指和尚。朱门：王侯贵族之家，大门漆作红色，以示显贵。 ⑦蓬户：用蓬草编成的门户。 ⑧卞令：卞壶（kǔn），官尚书令。 ⑨孙齐由：孙潜，字齐由，仕至豫章太守。齐庄：孙放，字齐庄，先后为陶侃、庾亮、桓温幕僚，封吴昌县侯，累迁秘书监。庾公：庾亮。 ⑩齐：向……看齐。 ⑪许由：相传是尧时代的隐士。 ⑫庄周：庄子，战国时代道家学派的思想家。 ⑬慕：向往，仿效。

知，故难企慕。"①庾公大喜小儿对。

张玄之、顾敷是顾和中外孙，皆少而聪惠②。和并知之，而常谓顾胜，亲重偏至，张颇不恢③。于时张年九岁，顾年七岁，和与俱至寺中，见佛般泥洹像④，弟子有泣者，有不泣者，和以问二孙。玄谓："被亲⑤故泣，不被亲故不泣。"敷曰："不然。当由忘情故不泣，不能忘情故泣。"

庾法畅造庾太尉，握麈尾至佳⑥。公曰："此至佳，那得在？"法畅曰："廉者不求，贪者不与，故得在耳。"

桓公北征，经金城，见前为琅邪时种柳，皆已十围，慨然曰："木犹如此，人何以堪！"⑦攀枝执条，泫然⑧流泪。

简文作抚军时，尝与桓宣武俱入朝，更相让在前⑨。

①圣人：指孔子。生知：意谓不用学习，生而知之。 ②张玄之：字祖希，历官吏部尚书、吴兴太守、会稽内史等。顾敷：字祖根，仕至著作郎，年二十三而卒。中外孙：儿子所生为中，即孙子；女儿所生为外，即外孙。 ③恢：满意。④佛般泥洹像：指释迦牟尼圆寂之像，即卧佛像。般泥洹：梵文译音，意谓脱离生死，入于寂灭。 ⑤被亲：指受到佛亲爱的。 ⑥庾法畅：东晋高僧。造：拜访。庾太尉：庾亮，死后追赠太尉。麈尾：一种兼具拂尘和凉扇功能的器具。当时名士经常手执以助谈兴，遂成风雅之物。麈，兽名，似鹿而大。 ⑦桓公：桓温，字元子，桓彝子。穆帝时任荆州刺史，平定蜀地，进位征西大将军，曾几次北伐前秦、前燕，一度收复洛阳。太和六年(371)，立司马昱为简文帝，意欲代晋，未成病死，谥宣武。北征：指太和四年(369)，桓温北征前燕。金城：今江苏句容北。琅邪：桓温曾于咸康七年(341)为琅邪内史，镇守金城。围：两臂合抱为一围，亦有说两手拇指和食指合拢一圈为一围。 ⑧泫然：流泪的样子。⑨作抚军：穆帝永和元年(345)，司马昱以会稽王进位抚军大将军，辅佐朝政。桓宣武：桓温。

世说新语诵读本

宣武不得已而先之，因曰："伯也执殳，为王前驱。"①简文曰："所谓'无小无大，从公于迈。'"②

顾悦③与简文同年，而发蚤白。简文曰："卿何以先白？"对曰："蒲柳之姿，望秋而落；松柏之质，经霜弥茂。"④

桓公入峡⑤，绝壁天悬，腾波迅急。乃叹曰："既为忠臣，不得为孝子，如何？"

简文入华林园，顾谓左右曰："会心处不必在远。翳然林水，便自有濠、濮间想也。觉鸟兽禽鱼，自来亲人。"⑥

谢太傅语王右军曰："中年伤于哀乐，与亲友别，辄作数日恶。"⑦王曰："年在桑榆，自然至此，正赖丝竹陶写。

①伯也执殳，为王前驱：出自《诗经·卫风·伯兮》，意谓伯啊，执着长殳，走在前面作大王的前锋。殳，古兵器，长一丈二尺，有棱无刃。　②无小无大，从公于迈：出自《诗经·鲁颂·泮水》，意谓不论尊卑，都随鲁公行进。　③顾悦：官至尚书左丞。　④蒲柳：水杨，一种秋天早凋的树木。望：临近。弥：更加。　⑤峡：三峡。桓温于晋穆帝永和二年(346)冬，发兵攻蜀，沿长江上行，经过三峡。　⑥华林园：西晋洛阳有华林园，南渡后在建康另建，亦名华林园。在今江苏南京鸡鸣山南古台城内。会心：领悟，指人对自然的心领神会的感悟。翳然：荫蔽的样子。濠、濮间想：思慕濠梁、濮水间逍遥自在的情趣韵味。《庄子·秋水》叙述庄子与惠施游于濠梁之上，羡慕鱼之乐趣；又叙述庄子钓于濮水，拒绝楚王礼聘，宁愿自由自在地生活。　⑦谢太傅：谢安。王右军：王羲之，字逸少，王导侄，曾任右军将军，会稽内史。擅长书法，后代称为"书圣"。哀乐：此处偏指哀伤。作：兴起，生出。恶：不适，不舒服。

héng kǒng ér bèi jué sǔn xīn lè zhī qù
恒 恐儿辈觉，损欣乐之趣。"①

zhī dào lín   cháng yǎng shù pǐ mǎ   huò yán dào rén xù mǎ bù yùn   zhī yuē
支道林②常 养数匹马。或言道人畜马不韵③。支曰：

pín dào zhòng qí shén jùn
"贫道 重 其神骏④。"

liú yǐn   yǔ huán xuān wǔ gòng tīng jiǎng   lǐ jì   huán yún   shí yǒu rù xīn
刘尹⑤与桓 宣武共听讲《礼记》。桓云："时有入心

chù biàn jué zhǐ chǐ xuán mén   liú yuē   cǐ wèi guān zhì jí   zì shì jīn huá diàn
处，便觉咫尺玄门。"⑥刘曰："此未关至极，自是金华殿

zhī yǔ
之语。"⑦

liú zhēn cháng wéi dān yáng yǐn   xǔ xuán dù chū dū   jiù liú sù   chuáng wéi   xīn
刘真 长为丹阳尹，许玄度出都，就刘宿⑧。 床 帷⑨新

lì yǐn shí fēng gān   xǔ yuē   ruò bǎo quán cǐ chù   shū shèng dōng shān   liú yuē
丽，饮食丰甘。许曰："若保全此处，殊胜 东山⑩。"刘曰：

qīng ruò zhī jí xiōng yóu rén   wú ān dé bù bǎo cǐ   wáng yì shào zài zuò yuē   lìng
"卿若知吉凶由人，吾安得不保此！"王逸少在坐曰："令

cháo xǔ yù jì   xiè dāng wú cǐ yán   èr rén bìng yǒu kuì sè
巢、许遇稷、契，当无此言。"⑪二人并有愧色。

wáng yòu jūn yǔ xiè tài fù gòng dēng yě chéng   xiè yōu rán yuǎn xiǎng   yǒu gāo
王右军与谢太傅共登冶城⑫。谢悠然远想，有高

①桑榆：落日余晖照射在桑树、榆树的顶端，比喻暮年。丝竹：弦乐器和管乐器，代指音乐。陶写：陶冶宣泄。恒：常常。
②支道林：名遁，东晋高僧。 ③道人：僧人。畜：蓄养。韵：风雅。 ④神骏：神采。 ⑤刘尹：刘惔。 ⑥咫尺：距离很
近。咫，八寸。玄门：出自《老子》"玄之又玄，众妙之门"，这里比喻高深的境界。 ⑦关：到。极：最高境地。自
是：只是。金华殿：西汉未央宫中殿名，曾是儒生为汉成帝讲论经书之所。 ⑧许玄度：许询，字玄度，擅长诗文，隐居
不仕。出都：到都城。 ⑨床帷：床铺帷帐。 ⑩东山：今浙江上虞西南，谢安等在此隐居。 ⑪巢：巢父。许：许由。
稷：后稷，周之始祖。契：商之始祖。 ⑫冶城：三国孙权所筑，在今江苏南京朝天宫一带。

言
语

世说新语诵读本

25

世^①之志。王谓谢曰："夏禹勤王，手足胼胝；文王旰食，日不暇给。今四郊多垒，宜人人自效。而虚谈费务，浮文妨要，恐非当今所宜。"^②谢答曰："秦任商鞅，二世而亡，岂清言^③致患邪？"

谢太傅寒雪日内集，与儿女讲论文义^④。俄而雪骤，公欣然曰："白雪纷纷何所似？"^⑤兄子胡儿曰："撒盐空中差可拟。"^⑥兄女曰："未若柳絮因风起。"^⑦公大笑乐。即公大兄无奕女，左将军王凝之妻也^⑧。

荀中郎在京口，登北固望海云："虽未睹三山，便自使人有凌云意。若秦、汉之君，必当褰裳濡足。"^⑨

谢公云："贤圣去人，其间亦迩。"^⑩子侄未之许。公叹

①高世：超脱尘世。 ②勤王：辛勤王事。胼胝：手掌脚底因长期劳动摩擦而生的茧子。旰食：天黑了才吃饭。垒：军事营垒。虚谈：清谈。费务：荒废政务。浮文：浮华的言辞。要：机要的国事。 ③清言：清谈。 ④内集：家庭内部集会。儿女：指子侄一辈。 ⑤俄而：一会儿。骤：急。 ⑥胡儿：谢朗，谢安次兄谢据的长子。差：略。 ⑦兄女：谢道韫（yùn）。因：依托，凭借。 ⑧无奕：谢奕，字无奕，谢安长兄。王凝之：王羲之的儿子。 ⑨荀中郎：荀羡，官北中郎将。京口：今江苏镇江。北固：山名，在京口北，矗立江边，三面临水，形势险要。三山：相传古代海上的三座神山，蓬莱、方丈、瀛洲，为神仙所居。秦、汉之君：指秦始皇、汉武帝。两人都希冀长生，求不死之药。褰裳濡足：撩起下衣涉水，浸湿双脚。 ⑩去：距离。迩：近。

曰："若郗超闻此语，必不至河汉。"①

支公好鹤，住剡东岇山②。有人遗③其双鹤，少时翅长欲飞。支意惜之，乃铩其翮④。鹤轩翥⑤不复能飞，乃反顾翅，垂头。视之如有懊丧意。林曰："既有凌霄之姿，何肯为人作耳目近玩⑥？"养令翮成，置使飞去。

晋武帝每飨山涛恒少，谢太傅以问子弟，车骑答曰："当由欲者不多，而使与者忘少。"⑦

王司州至吴兴印渚中看，叹曰："非唯使人情开涤，亦觉日月清朗。"⑧

袁彦伯为谢安南司马，都下诸人送至濑乡⑨。将别，既自凄惘，叹曰："江山辽落，居然有万里之势。"⑩

①郗超：善于谈玄，精于义理，又信佛。河汉：银河。 ②好：喜爱。剡：今浙江嵊州。岇山：在剡县之东。 ③遗：赠送。 ④铩：伤残，摧残。翮：翅膀上的硬羽毛。 ⑤轩翥：振翅，高举翅膀。 ⑥近玩：宠爱的玩物。 ⑦晋武帝：司马炎。飨：赠送，馈赠。山涛：字巨源，好老庄，善饮酒，入晋之后，累官吏部尚书、左仆射、司徒等职。竹林七贤之一。恒：经常。车骑：谢玄，谢奕之子，谢安侄，太元八年(383)，率军大破前秦苻坚于淝水，以功封康乐公，卒赠车骑将军。 ⑧王司州：王胡之，曾任司州刺史。吴兴：郡名，治所在乌程(今浙江吴兴南)。印渚：河中小洲名。开涤：开朗，涤荡。 ⑨袁彦伯：袁宏，字彦伯。谢安南：谢奉，曾为安南将军。司马：魏晋时期将军府及边境州郡司马一职。都下：京城。濑乡：在今南京附近，溧(lì)阳县境内。 ⑩凄惘：伤感怅惘。辽落：空旷辽远。居然：确实，显然。

世说新语诵读本

顾长康从会稽还，人问山川之美，顾云："千岩竞秀，万壑争流，草木蒙笼其上，若云兴霞蔚。"①

王子敬云："从山阴道上行，山川自相映发，使人应接不暇。若秋冬之际，尤难为怀。"②

谢太傅问诸子侄："子弟亦何预人事，而正欲使其佳?"③诸人莫有言者，车骑答曰："譬如芝兰玉树，欲使其生于阶庭耳。"④

道壹道人好整饰音辞，从都下还东山，经吴中⑤。已而会⑥雪下，未甚寒，诸道人问在道所经。壹公曰："风霜固所不论，乃先集其惨澹；郊邑正自飘瞥，林岫便已浩然。"⑦

①顾长康：顾恺之，字长康，博学有才气，尤善绘画。时称顾有三绝：才、画、痴。会稽：郡名，治所在今浙江绍兴。蔚：云气弥漫的样子。 ②王子敬：王献之，字子敬，王羲之的儿子，擅长书画，与王羲之并称"二王"。山阴：县名，属会稽郡，治所在今浙江绍兴。映发：辉映衬托。尤难为怀：难以忘怀。 ③预：关涉。人事：指自己的事。正：一定。④车骑：谢玄。芝兰：香草。玉树：传说中的仙树。阶庭：庭院。⑤道壹：东晋名僧。整饰：调整修饰。东山：在今浙江上虞西南。吴中：吴郡地区。⑥会：正碰上。⑦先集：出自《诗经·小雅·頍（huī）弁（biàn）》"如彼雨雪，先集维霰（xiàn）"，"先集"为"霰"的代称。惨澹：萧瑟，凄清。郊邑：乡间和城镇。飘瞥：急速地飘飞。林岫：林木峰峦。浩然：光亮洁白的样子。

言语

世说新语诵读本

zhāng tiān xī wéi liáng zhōu cì shǐ　chēng zhì xī yú　　jì wéi fú jiān suǒ qín

张 天 锡 为 凉 州 刺 史，称 制 西 隅①。既 为 苻 坚 所 禽，

yòng wéi shì zhōng　　hòu yú shòu yáng jù bài　zhì dū　wéi xiào wǔ suǒ qì　měi rù yán

用 为 侍 中②。后 于 寿 阳 俱 败，至 都，为 孝 武 所 器③。每 入 言

lùn wú bù jìng rì　pō yǒu jí jǐ　zhě　yú zuò wèn zhāng　běi fāng hé wù kě

论，无 不 竟 日。颇 有 嫉 己④者，于 坐 问 张："北 方 何 物 可

guì　zhāng yuē　sāng shèn gān xiāng　chī xiāo gé xiǎng　chún lào yǎng xìng　rén wú

贵？"张 曰："桑 椹 甘 香，鸱 鸮 革 响。淳 酪 养 性，人 无

jí xīn

嫉 心。"⑤

　　sī mǎ tài fù zhāi zhōng yè zuò　yú shí tiān yuè míng jìng　dōu wú xiān yì　tài fù

司 马 太 傅 斋 中 夜 坐，于 时 天 月 明 净，都 无 纤 翳，太 傅

tàn yǐ wéi jiā　　xiè jǐng zhòng　zài zuò　dá yuē　　yì wèi nǎi bù rú wēi yún diǎn

叹 以 为 佳⑥。谢 景 重⑦在 坐，答 曰："意 谓 乃 不 如 微 云 点

zhuì　tài fù yīn xì xiè yuē　　qīng jū xīn bù jìng　nǎi fù qiǎng yù zǐ huì tài

缀。"太 傅 因 戏 谢 曰："卿 居 心 不 静，乃 复 强 欲 滓 秽 太

qīng yé

清 邪？"⑧

　　wáng zhōng láng shèn ài zhāng tiān xī　wèn zhī yuē　qīng guān guò jiāng zhū rén　jīng

王 中 郎 甚 爱 张 天 锡，问 之 曰："卿 观 过 江 诸 人，经

wěi jiāng zuǒ guǐ zhé　yǒu hé wěi yì　hòu lái zhī yàn　fù hé rú zhōng yuán　zhāng

纬 江 左 轨 辙，有 何 伟 异？后 来 之 彦，复 何 如 中 原？"⑨张

---

①张天锡：十六国时期前凉国君。投降前秦，封归义侯，后逃归东晋。桓玄篡晋，任命其为凉州刺史。称制：行使君主的权力。制，帝王的命令。西隅：西方边缘地带，此指凉州。　②苻坚：十六国时期前秦国君，统一北方，南下攻晋，于淝水之战大败，被姚苌（cháng）所杀。禽：同"擒"。侍中：在皇帝左右，顾问咨询，拾遗补缺。　③寿阳：今安徽寿县。东晋谢玄在此大败前秦。器：看重。　④己：第三人称代词，他。　⑤桑椹：桑树的果实。鸱鸮：猫头鹰。革响：鸟张翅的声音。淳酪：醇厚的乳酪。　⑥司马太傅：司马道子，简文帝第五子。安帝立，以太傅辅政。纤：细微。翳：遮蔽。　⑦谢景重：谢重，字景重。谢朗子，时为司马道子长史。　⑧乃复：竟然。滓秽：玷污，污染。太清：天空。　⑨王中郎：王坦之，字文度，太原晋阳（今山西太原）人。曾任北中郎将。经纬：规划治理。轨辙：车行的轨迹，此指所遵循的法度。彦：有才学的士人。

曰：“研求幽邃，自王、何以还；因时修制，荀、乐之风。”①王
曰：“卿知见有余，何故为苻坚所制？”答曰：“阳消阴息，故
天步屯蹇；否剥成象，岂足多讥？”②

①幽邃：幽深玄妙的道理。王、何：王弼、何晏。二人为正始名士代表，擅长清谈。因时：根据时势。修制：修定礼
乐制度。荀：指荀颛(yǐ)、荀勖(xù)。乐：乐广。　②阳消阴息：阴阳消亡和生长。天步：时运，国运。屯蹇：本为《周
易》的两个卦名，后来比喻艰险不顺。否剥：亦为《周易》的两个卦名，后代指事物的消长盈虚。象：卦象、爻象，代表或
象征事物的图像。

chén zhòng gōng wéi tài qiū zhǎng　shí lì yǒu zhà chēng mǔ bìng qiú jià　　shì jué

陈　仲　弓　为　太　丘　长，时　吏　有　诈　称　母　病　求　假①。事　觉，

shōu zhī lìng lì shā yān　zhǔ bù qǐng fù yù kǎo zhòng jiān zhòng gōng yuē　　qī jūn bù

收②之，令　吏　杀　焉。主　簿　请　付　狱　考　众　奸，仲　弓　曰："欺　君　不

zhōng bìng mǔ bù xiào　　bù zhōng bù xiào　qí zuì mò dà　　kǎo qiú zhòng jiān　qǐ fù

忠，病　母　不　孝。不　忠　不　孝，其　罪　莫　大。考　求　众　奸，岂　复

guò cǐ

过　此？"③

chén zhòng gōng wéi tài qiū zhǎng　yǒu jié zéi shā cái zhǔ　zhǔ zhě　bǔ zhī　　wèi zhì

陈　仲　弓　为　太　丘　长，有　劫　贼　杀　财　主，主　者④捕　之。未　至

fā suǒ　dào wén mín yǒu zài cǎo bù qǐ zǐ zhě　huí chē wǎng zhì zhī　　zhǔ bù yuē

发　所，道　闻　民　有　在　草　不　起　子　者，回　车　往　治　之⑤。主　簿　曰：

zéi dà　yí xiān àn tǎo　　zhòng gōng yuē　　dào shā cái zhǔ　hé rú gǔ ròu

"贼　大，宜　先　按　讨⑥。"仲　弓　曰："盗　杀　财　主，何　如　骨　肉

xiāng cán

相　残？"

chén yuán fāng nián shí yī shí　hòu yuán gōng　　yuán gōng wèn yuē　　xián jiā jūn zài

陈　元　方　年　十　一　时，候　袁　公。袁　公　问　曰："贤　家　君　在

①陈仲弓：陈寔。太丘长：太丘县令。太丘故址在今河南永城西北。　②收：逮捕，拘捕。　③主簿：县长属官，掌管文书簿籍及印鉴等。付狱：交付给狱史。考：问，讯问。众奸：更多的邪恶行径。君：此指长官。病母：把母亲说成有病。　④主者：主管者。　⑤发所：指案发地。在草：指妇女分娩。妇女分娩时垫着草褥，故称。不起子：不收养生下的婴儿。　⑥按讨：追究惩治。

太丘，远近称之，何所履行①?"元方曰："老父在太丘，强者绥之以德，弱者抚之以仁，恣其所安，久而益敬。"②袁公曰："孤往者尝为邺令，正行此事。不知卿家君法孤？孤法卿父?"③元方曰："周公、孔子，异世而出，周旋动静④，万里如一。周公不师孔子，孔子亦不师周公。"

山司徒前后选，殆周遍百官，举无失才⑤。凡所题目⑥，皆如其言。唯用陆亮，是诏所用，与公意异，争之不从⑦。亮亦寻为贿败⑧。

嵇康被诛后，山公举康子绍为秘书丞⑨。绍咨公出处，公曰："为君思之久矣！天地四时，犹有消息，而况人乎?"⑩

①履行：实行。 ②绥：安抚。恣：听任。安：安心。 ③孤：我，王侯的自称。邺：县名，今河北临漳西南。法：效法。 ④周旋：筹划施为。动静：行动举止。 ⑤山司徒：山涛。选：选拔官吏。殆：几乎。周遍：遍及。 ⑥题目：品题，品评。 ⑦陆亮：与权臣贾充交好，贾充荐陆亮为吏部尚书参与选举，晋武帝用之。诏：皇帝诏命。 ⑧寻：不久。贿：贪图钱财。 ⑨山公：山涛。绍：嵇绍。 ⑩出处：出或者处，指出仕或隐居。四时：四季。消息：指盛衰变化。消，灭。息，生。

wáng ān qī wéi dōng hǎi jùn　　xiǎo lì dào chí zhōng yú　　gāng jì tuī zhī　　wáng

王 安 期 为 东 海 郡①。小 吏 盗 池 中 鱼，纲 纪 推 之②。 王

yuē　　wén wáng zhī yòu　　yǔ zhòng gòng zhī　　chí yú fù hé zú xī

曰："文 王 之 囿③，与 众 共 之。池 鱼 复 何 足 惜！"

chéng xiàng cháng xià yuè zhì shí tóu kàn yǔ gōng　　yǔ gōng zhèng liào shì　　chéng xiàng

丞 相 尝 夏 月 至 石 头 看 庾 公，庾 公 正 料 事④。 丞 相

yún　　shǔ　　kě xiǎo jiǎn　　zhī　　　　yǔ gōng yuē　　gōng zhī yí shì　　tiān xià yì wèi yǐ

云："暑，可 小 简⑤之。"庾 公 曰："公 之 遗 事⑥，天 下 亦 未 以

wéi yǔn

为 允。"

chéng xiàng mò nián　　lüè fù bù xǐng shì　　zhèng fēng lù nuò zhī　　　　zì tàn yuē　　rén

丞 相 末 年，略 复 不 省 事，正 封 篆 诺 之⑦。 自 叹 曰："人

yán wǒ kuì kuì　　hòu rén dāng sī cǐ kuì kuì

言 我 愦 愦⑧，后 人 当 思 此 愦 愦。"

táo gōng xìng jiǎn lì　　qín yú shì　　　　zuò jīng zhōu shí　　chì chuán guān xī lù jù mù

陶 公 性 检 厉，勤 于 事⑨。 作 荆 州 时，敕 船 官 悉 录 锯 木

xiè　　bù xiàn duō shǎo　　xián bù jiě cǐ yì　　hòu zhēng huì　　zhí jī xuě shǐ qíng　　tīng shì

屑，不 限 多 少⑩。 咸 不 解 此 意。 后 正 会，值 积 雪 始 晴，听 事

qián chú xuě hòu yóu shī　　yú shì xī yòng mù xiè fù zhī　　dōu wú suǒ fáng　　guān yòng zhú

前 除 雪 后 犹 湿，于 是 悉 用 木 屑 覆 之，都 无 所 妨⑪。 官 用 竹，

jiē lìng lù hòu tóu　　jī zhī rú shān　　hòu huán xuān wǔ fá shǔ　　zhuāng chuán　　xī yǐ

皆 令 录 厚 头⑫，积 之 如 山。 后 桓 宣 武 伐 蜀，装 船⑬，悉 以

---

①王安期：王承，字安期，太原晋阳(今山西太原)人。为东海郡：作东海郡守。东海治所在今山东郯(tán)城。
②纲纪：法度。推：追究。　③文王之囿：周文王的园囿。相传周文王有囿，方圆七十里，凡打猎打柴之人均可以自由进出，以示与民同乐。　④石头：石头城，故址在今南京石头山后，三国东吴所筑，为军事要地。庾公：庾冰，王导死，代王导为相，为政繁细严苛，与王导之宽容不同。料事：处理政务。⑤小简：稍微简略些。　⑥遗事：遗漏政务。　⑦略：完全，丝毫。省事：视事，犹办公。正：仅，只。篆：簿籍，特指文书。诺：在公文上批字或签名，表示同意。⑧愦愦：糊涂。　⑨陶公：陶侃，庐江寻阳(今江西九江西)人，以军功封长沙郡公。检厉：检束严厉。⑩作荆州：任荆州刺史。敕：命令。录：收取。⑪正会：正月初一集会。听事：厅堂。前除：堂前台阶。⑫厚头：指剩余的厚的竹根节。⑬装船：修造、装配船只。

33

作钉。又云，尝发所在竹篙，有一官长连根取之，仍当
足，乃超两阶用之①。

王、刘与林公共看何骠骑，骠骑看文书，不顾之②。
王谓何曰："我今故与林公来相看，望卿摆拨常务，应对
玄言，那得方低头看此邪？"③何对曰："我不看此，卿等何
以得存？"诸人以为佳。

山遐去东阳，王长史就简文索东阳，云："承藉猛
政，故可以和静致治。"④

谢公时，兵厮逋亡，多近窜南塘下诸舫中⑤。或欲求
一时⑥搜索，谢公不许，云："若不容置此辈，何以为京都？"

殷仲堪当之荆州，王东亭问曰："德以居全为称，仁

---

①发：征调。所在：指所管辖之地。仍：乃，于是。当足：指用坚硬的竹根当作竹篙的铁足。超两阶：超越两级。用：任用。　②王：王濛，太原晋阳人，历官长山令、中书郎、司徒左长史。刘：刘惔。林公：支遁，字道林。何骠骑：何充，曾官骠骑将军。顾：回头看。　③摆拨：摆脱，撇开。常务：日常俗务。方：尚，仍然。　④山遐：山简子，官东阳太守，为政严猛，多施刑杀。去东阳：离开东阳太守之职。就：向。索：求取。承藉：继承凭借。故：自然。致治：达到太平昌盛。
⑤谢公时：指谢安为丞相时。厮：仆人。逋亡：逃窜，逃亡。窜：躲藏。南塘：指建康秦淮河南塘岸。舫：泛指船。
⑥一时：一起。

以不害物为名。方今宰牧华夏，处杀戮之职，与本操将不

乖乎？"① 殷答曰："皋陶造刑辟之制，不为不贤；孔丘居司寇

之任，未为不仁。"②

---

①当：将要。之：往，到……去。王东亭：王珣(xún)，王导孙，封东亭侯。居：掌握。全：完整。称：声誉。宰牧：治理。华夏：本指中原地区，东晋偏安江左，故以其腹地荆州、襄阳一带为华夏。杀戮：诛杀。殷仲堪任荆州刺史时，兼有军职，有权杀犯军令者。本操：素来的操守。殷仲堪以讲仁爱、行德政著称。②皋陶：舜时掌管刑狱之臣。刑辟：处罚，惩罚。辟，刑法。司寇：掌刑狱、纠察之责。

文学

zhèng xuán zài mǎ róng mén xià　　sān nián bù dé xiāng jiàn　gāo zú dì zǐ chuán shòu ér
郑玄在马融门下，三年不得相见，高足弟子传授而

yǐ　　　cháng suàn hún tiān　bù hé　zhū dì zǐ mò néng jiě　　huò yán xuán néng zhě róng
已①。尝算浑天②不合，诸弟子莫能解。或言玄能者，融

zhào lìng suàn　yī zhuàn biàn jué zhòng xián hài fú　　jí xuán yè chéng cí guī　jì ér róng
召令算，一转③便决，众咸骇服。及玄业成辞归，既而融

yǒu　lǐ yuè jiē dōng　zhī tàn kǒng xuán shàn míng ér xīn jì yān　xuán yì yí yǒu zhuī
有"礼乐皆东"④之叹，恐玄擅名而心忌焉。玄亦疑有追，

nǎi zuò qiáo xià　zài shuǐ shàng jù jī　róng guǒ zhuàn shì　zhú zhī　gào zuǒ yòu yuē
乃坐桥下，在水上据屐⑤。融果转式⑥逐之，告左右曰：

xuán zài tǔ xià shuǐ shàng ér jù mù　cǐ bì sǐ yǐ　　suì bà zhuī　xuán jìng yǐ
"玄在土下水上而据木，此必死矣。"遂罢追，玄竟以

dé miǎn
得免。

zhèng xuán jiā nú bì jiē dú shū　cháng shǐ yī bì　bù chèn zhǐ　jiāng tà zhī　fāng
郑玄家奴婢皆读书，尝使一婢，不称旨，将挞之，方

zì chén shuō xuán nù　shǐ rén yè zhuó ní zhōng　　xū yú　fù yǒu yī bì lái　wèn
自陈说，玄怒，使人曳著泥中⑦。须臾，复有一婢来，问

---

①郑玄：字康成，北海高密（今山东高密）人，东汉古文经学家，遍注群经，聚徒讲学，为天下所宗。马融：扶风茂陵（今陕西兴平东）人，经学家，曾任校书郎、南郡太守。博学宏通，弟子其众。　②算浑天：用浑天仪测算日月星辰的位置。③转：转动推算用的栻盘。　④礼乐皆东：指关于儒家经典的学问要被郑玄带到东方去了。⑤据：凭，靠着。屐：木屐，木底带有齿的鞋。　⑥转式：转动栻（shì）盘，占卜吉凶。式，通"栻"，占卜用具，形状似罗盘，上圆下方，可以转动。⑦称旨：符合心意。挞：用鞭子或棍子打。曳著泥中：拉到泥中去。

曰："胡为乎泥中？"①答曰："薄言往愬，逢彼之怒。"②

钟会撰《四本论》始毕，甚欲使嵇公一见③。置怀中，既定，畏其难，怀不敢出，于户外遥掷，便回急走④。

何晏为吏部尚书⑤，有位望，时谈客盈坐。王弼未弱冠，往见之⑥。晏闻弼名，因条向者胜理语弼曰："此理仆以为极，可得复难不？"⑦弼便作难，一坐人便以为屈。于是弼自为客主⑧数番，皆一坐所不及。

何平叔注《老子》，始成，诣王辅嗣，见王注精奇，乃神伏，曰："若斯人，可与论天人之际矣！"⑨因以所注为《道》、《德》二论⑩。

王辅嗣弱冠诣裴徽，徽问曰："夫无者，诚万物之所

---

①胡为乎泥中：语出《诗经·邶风·式微》，此为借用。　②薄言往愬，逢彼之怒：语出《诗经·邶风·柏舟》，意谓有话去申诉，正逢他发怒。薄言，语助词，无实义。愬，通"诉"。　③钟会：字士季，博学，精于名理，为司隶校尉，与邓艾伐蜀，因功迁司徒，后以谋反罪被杀。《四本论》：探讨才与性的同异离合。才指才能，性指品质德性。嵇公：嵇康。④既定：指到了嵇康住所之后。难：驳难。　⑤吏部尚书：主管官员的任免、铨叙、考绩、升降。　⑥王弼：字辅嗣，善谈玄理，与何晏同为正始之音的代表。弱冠：古代男子二十岁行冠礼，《礼记·曲礼上》说："二十曰弱，冠。"　⑦条：分条陈述。向者：先前。胜理：精深之理。难：辩难，驳诘。不：同"否"。　⑧客主：清谈采取主、客问难的形式。　⑨何平叔：何晏。王辅嗣：王弼。王注：王弼的《老子注》，是魏晋玄学的代表作。天人之际：指自然和人事的相互关系。　⑩《道》、《德》二论：即《道德论》，分《道论》和《德论》，今不传。

世说新语诵读本

資，圣人莫肯致言，而老子申之无已，何邪？"①弼曰："圣人

体无，无又不可以训，故言必及有；老、庄 未免于有，恒训

其所不足。"②

傅嘏善言虚胜，荀粲谈尚 玄远，每至共语，有争而

不相喻③。裴冀州释二家之义，通彼我之怀，常使两 情皆

得，彼此俱畅④。

裴成 公作《崇有论》，时人攻难之，莫能折，唯王夷

甫来，如小屈⑤。时人即以王理难裴，理还复申。

卫玠总角时，问乐令"梦"，乐云："是想。"⑥卫曰："形

神所不接而梦，岂是想邪？"乐云："因也。未尝 梦乘车

入鼠穴、捣韲啖铁杵，皆无想无因故也。"⑦卫思"因"，经日

①裴徽：善言玄理，仕至冀州刺史。无：指万物之本，《老子》："天下之物生于有，有生于无。"资：凭借，依托。圣人：此指孔子。致言：发表言论。老子：即老聃，春秋楚国人，曾为周藏书室史官，相传《老子》为其所著。申：申说。无已：不已。　②体：体会，感悟。训：解释词义。　③傅嘏：字兰硕，善言义理，与何晏不和，被免官，后为河南尹、尚书，因功封侯。虚胜：指道家玄虚之理的美妙境界。荀粲：字奉倩，荀彧（yù）幼子，好老庄之言。玄远：玄奥幽远的理论。喻：晓谕，使明白。　④裴冀州：裴徽。怀：心情。得：谐和，融洽。　⑤裴成公：裴頠（wěi），死后谥成。《崇有论》：裴頠不满当时放荡虚浮、不重儒术的风气，反对王弼以无为本体的"贵无论"，主张万物不是由无产生的，而是"自生"，否定"有生于无"的观点。攻难：攻击驳难。折：使屈服，驳倒。王夷甫：王衍，字夷甫，官至太尉。　⑥总角：古代未成年人把头发梳成双髻，状似角，借指童年。乐令：乐广，官至尚书令。　⑦因：因由，根据。韲：把菜切细或者捣碎做成的酱菜或腌菜。啖：吃。杵：捣东西的棍状工具。

38

不得，遂成病。乐闻，故命驾为剖析之，卫即小差①。乐叹曰："此儿胸中当必无膏肓②之疾。"

客问乐令"旨不至"者，乐亦不复剖析文句，直以麈尾柄确几曰："至不？"③客曰："至！"乐因又举麈尾曰："若至者，那得去？"于是客乃悟服。乐辞约而旨达，皆此类④。

初，注《庄子》者数十家，莫能究其旨要⑤。向秀于旧注外为解义，妙析奇致，大畅玄风，唯《秋水》、《至乐》二篇未竟而秀卒⑥。秀子幼，义遂零落⑦，然犹有别本。郭象者，为人薄行，有俊才，见秀义不传于世，遂窃为己注，乃自注《秋水》、《至乐》二篇，又易《马蹄》一篇，其余众篇，或定点文句而已⑧。后秀义别本出，故今有向、郭二《庄》，

---

①命驾：命令御者驾车出发。差：通"瘥"，病愈。　②膏肓：古代医学以心尖脂肪为膏，心脏与膈膜之间为肓，此指难以治疗的重病。　③旨不至：《庄子·天下》作"指不至，至不绝"，客即就此发问。"指"同"旨"，指事物的概念，其意谓事物的概念不能达到事物的实际，即使达到也不能绝对地穷尽。直：径直。麈尾：魏晋时期一种兼具拂尘和扇凉功能的器具，名士清谈，常执麈尾以助谈兴。确：敲击。几：几案。不：同"否"。　④辞约：语言简练。旨达：意思表达出来。　⑤究：探究。旨要：要领，主旨。　⑥畅：弘扬。玄风：谈玄说理的风尚。　⑦零落：此指散失。　⑧郭象：字子玄，东海王司马越专权，任命为主簿，逞威扬势，为时论所轻。薄行：操行轻薄。易：更换。定点：修改。

其义一也①。

阮宣子有令闻，太尉王夷甫见而问曰："老庄与圣教同异？"②对曰："将无③同？"太尉善其言，辟之为掾，世谓"三语掾"④。卫玠嘲之曰："一言可辟，何假于三！"宣子曰："苟是天下人望⑤，亦可无言而辟，复何假一！"遂相与为友。

裴散骑娶王太尉女，婚后三日，诸婿大会，当时名士、王裴子弟悉集⑥。郭子玄在坐，挑与裴谈。子玄才甚丰赡，始数交，未快⑦。郭陈张甚盛，裴徐理前语，理致甚微，四坐咨嗟称快，王亦以为奇，谓语诸人曰："君辈勿为尔，将受困寡人女婿。"⑧

①秀义别本出：今向秀所注《庄子》已经失传，因此郭象是否窃取向秀的注，迄今没有定论。二《庄》：指向秀、郭象两人所作的《庄子》注。 ②阮宣子：阮修，字宣子，擅长清言，官至太子洗马，与王敦、谢鲲等同为王衍"四友"。令闻：美誉。圣教：指儒家学说。 ③将无：犹言莫非，表示商榷而又偏于肯定，语气较为委婉。 ④辟：征召。掾：属官的通称。 ⑤人望：众望所归的人。 ⑥裴散骑：裴遐，裴徽孙，官散骑郎。大会：婚后第三天称"三朝"，女家要向婿家送礼并宴请宾朋。 ⑦郭子玄：郭象，字子玄。丰赡：丰富，充足。数交：几个回合。 ⑧陈张：铺陈。理致：义理情致。咨嗟：赞叹。寡人：自谦之词，魏晋士大夫偶尔也用以自称，唐以后则仅限于皇帝自称。

卫玠始度江，见王大将军，因夜坐，大将军命谢幼
舆①。玠见谢，甚说之，都不复顾王，遂达旦微言，王永夕
不得豫②。玠体素羸，恒为母所禁，尔昔忽极，于此病笃，遂
不起③。

旧云，王丞相过江左，止道声无哀乐、养生、言尽
意三理而已，然宛转关生，无所不入④。

殷中军为庾公长史，下都，王丞相为之集，桓公、
王长史、王蓝田、谢镇西并在⑤。丞相自起解帐带麈
尾，语殷曰："身⑥今日当与君共谈析理。"既共清言，遂达
三更。丞相与殷共相往反，其余诸贤略无所关。既彼
我相尽，丞相乃叹曰："向来语乃竟未知理源所归。至

①度：通"渡"。王大将军：王敦。命：召唤。谢幼舆：谢鲲，字幼舆，酷好《老子》《周易》，能歌善琴，任达放纵，不屑政事，官至豫章太守。②说：同"悦"，喜欢。达旦：直到次日清晨。微言：精深微妙的言辞。永夕：通宵。豫：参与。③羸：衰弱，瘦弱。尔昔：那夜。极：指过于疲惫。不起：犹言死去。④江左：江东。止：只。声无哀乐：嵇康作《声无哀乐论》，认为声音和人的感情是两种事物，哀乐决定于内心，与音乐并无必然联系。养生：嵇康作《养生论》，认为形体和精神互相依存，主张通过精神修养，配合呼吸吐纳和服食养生，以增进身心健康。言尽意：欧阳建作《言尽意论》，认为语言能够完整准确地表达思想。宛转：辗转曲折。关生：关联推衍。入：涉及。⑤殷中军：殷浩，字渊源，曾任中军将军。下都：到京城建康，当时殷浩随庾亮在荆州，赴建康须顺流而下。桓公：桓温，谥宣武。王长史：王濛，官至司徒左长史。王蓝田：王述，王承之子，袭父爵为蓝田侯。谢镇西：谢尚，字仁祖，官镇西将军。⑥身：晋人自称。

41

于辞喻不相负，正始之音，正当尔耳。"①明旦，桓宣武

语人曰："昨夜听殷、王清言，甚佳，仁祖亦不寂寞，我亦时

复造心；顾看两王掾，辄翣如生母狗馨。"②

褚季野语孙安国云："北人学问渊综广博。"③孙答

曰："南人学问清通④简要。"支道林闻之，曰："圣贤固所

忘言。自中人以还，北人看书如显处视月，南人学问如

牖中窥日。"⑤

谢镇西少时，闻殷浩能清言，故往造之⑥。殷未过有

所通，为谢标榜诸义，作数百语，既有佳致，兼辞条丰蔚，

甚足以动心骇听⑦。谢注神倾意，不觉流汗交面。殷徐语

左右："取手巾与谢郎拭面。"

---

①向来：先前。理源：义理的本源。辞喻：言辞和比喻。负：违背。正始之音：指三国曹魏正始(240—249)年间以何晏、王弼为代表的玄学名士谈玄说理之风。②造心：心有所悟。两王掾：指王濛和王述，二人均为王导的属官。翣：很，极。生：活的。馨：晋人口语，助词，相当于普通话里的"般"、"样"。③褚季野：褚裒(pǒu)，字季野，持重少言，官征北大将军。孙安国：孙盛，字安国，博学，善谈名理。渊综：源深综括。④清通：清明通达。⑤忘言：《庄子·外物》："言者所以在意，得意而忘言。"意谓读书要重在领会意旨，而不在于记诵语言。中人：一般人。以还：以下。牖：窗户。⑥谢镇西：谢尚。造：拜访。⑦过：过分，过于。通：阐发。标榜：揭示。佳致：美好的情趣。丰蔚：丰富华美。

yǒu běi lái dào rén hào cái lǐ　yǔ lín gōng xiāng yù yú wǎ guān sì　jiǎng xiǎo

有北来道人好才理，与林公相遇于瓦官寺，讲《小

pǐn　　yú shí zhú fǎ shēn　sūn xīng gōng xī gòng tīng　　cǐ dào rén yǔ　lǚ shè yí

品》①。于时竺法深、孙兴公悉共听②。此道人语，屡设疑

nán　lín gōng biàn dá qīng xī　cí qì jù shuǎng　　cǐ dào rén měi zhé cuī qū　sūn wèn

难，林公辩答清析，辞气俱爽。此道人每辄摧屈。孙问

shēn gōng　　shàng rén dāng shì nì fēng jiā　xiàng lái hé yǐ dōu bù yán　　shēn gōng xiào ér

深公："上人当是逆风家，向来何以都不言？"③深公笑而

bù dá　　lín gōng yuē　bái zhān tán fēi bù fù　yān néng nì fēng　　shēn gōng dé cǐ

不答。林公曰："白旃檀非不馥，焉能逆风？"④深公得此

yì　yí rán bù xiè

义，夷然不屑⑤。

　　sūn ān guó wǎng yīn zhōng jūn xǔ gòng lùn　wǎng fǎn jīng kǔ　kè zhǔ wú jiān　　zuǒ

　　孙安国往殷中军许共论，往反精苦，客主无间⑥。左

yòu jìn shí　lěng ér fù nuǎn zhě shù sì　　bǐ wǒ fèn zhì zhǔ wěi　xī tuō luò mǎn cān fàn

右进食，冷而复暖者数四。彼我奋掷麈尾，悉脱落满餐饭

zhōng　bīn zhǔ suì zhì mù wàng shí　　yīn nǎi yù sūn yuē　qīng mò zuò qiáng kǒu mǎ

中，宾主遂至莫忘食⑦。殷乃语孙曰："卿莫作强口马⑧，

wǒ dāng chuān qīng bí　sūn yuē　qīng bù jiàn jué niú bí　rén dāng chuān qīng jiá

我当穿卿鼻！"孙曰："卿不见决牛鼻⑨，人当穿卿颊！"

　　wáng yì shào zuò kuài jī　chū zhì　zhī dào lín zài yān　　sūn xīng gōng wèi wáng

　　王逸少作会稽，初至，支道林在焉。孙兴公谓王

---

①道人：僧人。瓦官寺：在建康西南。《小品》：当事人以为《道行经》为小品，《放光经》为大品。　②竺法深：晋代高僧，字法深，下文"深公"即此人。孙兴公：孙绰，字兴公，初居会稽，游戏山水十余年，后为庾亮、殷浩、王羲之幕僚，迁永嘉太守，官至散骑常侍、领著作郎。　③上人：对和尚的尊称。逆风家：意谓竺法深应当顶风前进，即参与讨论。④白旃檀：即檀香，一种名贵香木。馥：香。　⑤夷然：泰然，安然。不屑：不介意。⑥孙安国：孙盛。殷中军：殷浩。许：住处。精苦：极为激切。无间：没有隔阂。⑦奋掷：用力挥动。莫：同"暮"，傍晚。⑧强口马：烈性马。⑨决牛鼻：豁鼻子牛。

曰："支道林拔新领异，胸怀所及，乃自佳，卿欲见不？"①王本自有一往隽气，殊自轻之②。后孙与支共载往王许，王都领域，不与交言③。须臾支退。后正值王当行，车已在门，支语王曰："君未可去，贫道与君小语。"因论《庄子·逍遥游》。支作数千言，才藻新奇，花烂映发。王遂披襟解带④，留连不能已。

许掾年少时，人以比王苟子，许大不平⑤。时诸人士及支法师并在会稽西寺讲，王亦在焉⑥。许意甚忿，便往西寺与王论理，共决优劣，苦相折挫，王遂大屈⑦。许复执王理，王执许理，更相覆疏⑧，王复屈。许谓支法师曰："弟子向语何似？"支从容曰："君语佳则佳矣，何至相苦邪？岂是求理中之谈哉？"⑨

---

①孙兴公：孙绰。拔新领异：意谓标新立异。不，同"否"。 ②一往：一腔，满腹。隽气：俊逸豪迈之气。隽，通"俊"。 ③许：处所。都：完全。领域：指设界闭据。④披襟解带：打开衣襟，解开衣带，形容听得十分酣畅。⑤许掾：许询。王苟子：王修，小字苟子，王濛之子，少有令誉，擅长清谈。 ⑥支法师：支遁。西寺：即光相寺，在会稽城西。 ⑦忿：恼怒。苦：竭力。折挫：折服对方。⑧覆疏：反复分条陈述。⑨相苦：使人困窘。理中：得理之中，折中至当的道理。

林道人诣谢公，东阳时始总角，新病起，体未堪劳，与林公讲论，遂至相苦①。母王夫人在壁后听之，再遣信令还，而太傅留之②。王夫人因自出，云："新妇少遭家难，一生所寄，唯在此儿。"③因流涕抱儿以归。谢公语同坐曰："家嫂辞情慷慨，致可传述④，恨不使朝士见！"

支道林、许掾诸人共在会稽王斋头，支为法师，许为都讲⑤。支通一义，四坐莫不厌心；许送一难，众人莫不抃舞⑥。但共嗟咏⑦二家之美，不辩其理之所在。

支道林初从东出，住东安寺中⑧。王长史宿构精理，并撰其才藻，往与支语，不大当对⑨。王叙致⑩作数百语，自谓是名理奇藻。支徐徐谓曰："身与君别多年，君义言了不长进。"①王大惭而退。

佛经以为祛练神明，则圣人可致②。简文云："不知便
可登峰造极不？然陶练之功，尚不可诬。"③

于法开始与支公争名，后情渐归支，意甚不忿，遂遁
迹剡下④。遣弟子出都，语使过会稽⑤。于时支公正讲
《小品》。开戒弟子："道林讲，比⑥汝至，当在某品中。"因
示⑦语攻难数十番，云："旧此中不可复通。"弟子如言诣支
公。正值讲，因谨述开意，往反多时，林公遂屈，厉声
曰："君何足复受人寄载来！"⑧

殷中军问："自然无心于禀受，何以正善人少，恶人
多？"⑨诸人莫有言者。刘尹答曰："譬如写水著地，正自纵
横流漫，略无正方圆者。"⑩一时绝叹，以为名通⑪。

---

①身：我，晋人自称。了：全。 ②祛练：净化磨练。神明：精神，神智。圣人：具有极高智慧和道德的人，佛教指佛陀。
致：得到，达到。 ③简文：简文帝司马昱。不：同"否"。陶练：陶冶磨练。诬：抹杀。 ④于法开：东晋高僧。情：人情，人
心。不忿：不服。遁迹：隐居。剡下：今浙江嵊州。 ⑤出都：到京城去。语：嘱咐。 ⑥比：及，等到。 ⑦示：演示。
⑧往反：反复辩难。寄载：指传言，授意。 ⑨殷中军：殷浩。自然：大自然，上天。受：通"授"，授予，赋予。正：恰恰。
⑩刘尹：刘惔。写：通"泻"，倾泻，倾倒。略无：完全没有。 ⑪名通：至理名言。通，解说义理。

康僧渊初过江，未有知者，恒周旋市肆，乞索以自营①。忽往殷渊源许，值盛有宾客，殷使坐，粗与寒温，遂及义理，语言辞旨，曾无愧色，领略粗举，一往参诣，由是知之②。

人有问殷中军："何以将得位而梦棺器，将得财而梦矢秽？"③殷曰："官本是臭腐，所以将得而梦棺尸；财本是粪土，所以将得而梦秽污。"时人以为名通。

支道林、殷渊源俱在相王许，相王谓二人："可试一交言。而才性殆是渊源崤函之固，君其慎焉！"④支初作，改辄远之，数四交，不觉入其玄中⑤。相王抚肩笑曰："此自是其胜场⑥，安可争锋！"

谢公因子弟集聚，问："《毛诗》何句最佳？"⑦遏称曰：

①康僧渊：本西域人，生于长安，晋成帝时南渡。周旋：活动，来往。市肆：集市。乞索：乞讨。自营：自己维持生计。　②殷渊源：殷浩，字渊源。许：处所。寒温：犹寒暄，指说一下天气冷暖的客套话。曾：竟，乃。粗举：大略解释。参诣：深入到高深的境界。　③殷中军：殷浩，官中军将军。得位：得到官职。棺器：棺材。矢秽：粪便秽物。矢，通"屎"。　④相王：司马昱。崤函：崤山与函谷关，山势险峻，古代要塞。　⑤数：多次。玄中：玄理之中。　⑥胜场：擅长的领域。　⑦因：趁着。《毛诗》：西汉毛公所传的《诗》被称为《毛诗》，即今本《诗经》。

文学

世说新语诵读本

"昔我往矣，杨柳依依；今我来思，雨雪霏霏。"①公曰："讦谟定命，远猷辰告。"②谓："此句偏有雅人深致。"③

支道林、许、谢盛德，共集王家，谢顾谓诸人："今日可谓彦会。时既不可留，此集固亦难常，当共言咏，以写其怀。"④许便问主人："有《庄子》不⑤？"正得《渔父》一篇。谢看题，便各使四坐通⑥。支道林先通，作七百许语，叙致⑦精丽，才藻奇拔，众咸称善。于是四坐各言怀毕。谢问曰："卿等尽不？"皆曰："今日之言，少不自竭。"谢后粗难，因自叙其意，作万余语，才峰秀逸，既自难干，加意气拟托，萧然自得，四坐莫不厌心⑧。支谓谢曰："君一往奔诣，故复自佳耳。"⑨

①遏：谢玄，小字遏，谢安之侄。"昔我往矣"四句：出自《诗经·小雅·采薇》，意谓离家时是春天，回来时已是寒冬。 ②讦谟定命，远猷辰告：出自《诗经·大雅·抑》，意谓有宏大的计划就要定为号召，有远大的政策就要及时宣传。讦谟，宏谋。远猷，长远大计。辰，时。 ③偏：最。雅人深致：高雅的人所具有的深远情致。 ④许：许询。盛德：有德有名的人。王：王濛。彦会：群贤雅会。写：抒发。 ⑤不：同"否"，没有。 ⑥通：陈述。 ⑦叙致：表述、陈说事理。 ⑧粗难：简略地设难。干：企及、冒犯。意气：志向气概。拟托：虚拟假托。厌心：心满意足。 ⑨一往：径直，一直。奔诣：直向高深境界。

48

殷中军、孙安国、王、谢能言诸贤，悉在会稽王许，殷与孙共论《易象妙于见形》，孙语道合，意气干云，一坐咸不安孙理，而辞不能屈①。会稽王慨然叹曰："使真长②来，故应有以制彼。"即迎真长，孙意已不如。真长既至，先令孙自叙本理，孙粗说己语，亦觉殊不及向。刘便作二百许语，辞难简切，孙理遂屈。一坐同时抚掌而笑，称美良久。

殷仲堪云："三日不读《道德经》，便觉舌本间强。"③

文帝尝令东阿王七步中作诗，不成者行大法④。应声便为诗曰："煮豆持作羹，漉菽以为汁。其在釜下然，豆在釜中泣。本是同根生，相煎何太急！"⑤帝深有惭色。

魏朝封晋文王为公，备礼九锡，文王固让不受⑥。公

---

①殷中军：殷浩。孙安国：孙盛。王：王濛。谢：谢尚。会稽王：司马昱。《易象妙于见形》：孙盛作。道：理。干云：直上云霄。安：赞同。②真长：刘惔，字真长。③舌本：舌根。强：僵硬。④文帝：魏文帝曹丕。东阿王：曹植。大法：死刑。⑤漉：过滤。菽：豆类的总称。其：豆秸。釜：古炊器，敛口，圆底，或有二耳。⑥晋文王：司马昭。九锡：古代天子赏赐诸侯或功臣的九种礼遇。锡，通"赐"。

世说新语诵读本

qīng jiàng jiào dāng yì fǔ dūn yù　sī kōng zhèng chōng chí qiǎn xìn jiù ruǎn jí qiú wén　　jí
卿 将 校 当 诣 府 敦 喻，司 空 郑 冲 驰 遣 信 就 阮 籍 求 文①。籍

shí zài yuán xiào ní jiā　sù zuì fú qǐ　shū zhá wéi zhī　wú suǒ diǎn dìng　nǎi xiě fù
时 在 袁 孝 尼 家，宿 醉 扶 起，书 札 为 之，无 所 点 定，乃 写 付

shǐ　　shí rén yǐ wéi shén bǐ
使②。时 人 以 为 神 笔。

　　zuǒ tài chōng zuò　sān dū fù　chū chéng　shí rén hù yǒu jī zǐ　sī yì bù qiè
　　左 太 冲 作《三 都 赋》初 成，时 人 互 有 讥 訾，思 意 不 惬③。

hòu shì zhāng gōng　zhāng yuē　cǐ　èr jīng　kě sān　rán jūn wén wèi zhòng yú shì　yí
后 示 张 公，张 曰："此《二 京》可 三。然 君 文 未 重 于 世，宜

yǐ jīng gāo míng zhī shì　　sī nǎi xún qiú yú huáng fǔ mì　　mì jiàn zhī jiē tàn　suì wèi
以 经 高 名 之 士。"④思 乃 询 求 于 皇 甫 谧⑤，谧 见 之 嗟 叹，遂 为

zuò xù　　yú shì xiān xiāng fēi èr zhě　mò bù liǎn rèn zàn shù yān
作 叙。于 是 先 相 非 贰 者，莫 不 敛 衽 赞 述 焉⑥。

　　yuè lìng shàn yú qīng yán　ér bù cháng yú shǒu bǐ　　jiāng ràng hé nán yǐn　qǐng pān
　　乐 令 善 于 清 言，而 不 长 于 手 笔⑦。将 让 河 南 尹，请 潘

yuè wéi biǎo　　pān yún　kě zuò ěr　yào dāng dé jūn yì　　yuè wèi shù jǐ suǒ yǐ wéi
岳 为 表⑧。潘 云："可 作 耳，要 当 得 君 意。"⑨乐 为 述 己 所 以 为

ràng　biāo wèi èr bǎi xǔ yǔ　pān zhí qǔ cuò zōng　biàn chéng míng bǐ　　shí rén xián yún
让，标 位 二 百 许 语，潘 直 取 错 综，便 成 名 笔⑩。时 人 咸 云：

ruò yuè bù jiǎ pān zhī wén　pān bù qǔ yuè zhī zhǐ　zé wú yǐ chéng sī yǐ
"若 乐 不 假 潘 之 文，潘 不 取 乐 之 旨，则 无 以 成 斯 矣。"

---

①诣府：登门拜访。敦喻：教促劝说。郑冲：仕魏为三公，仕晋官至太傅。信：信使。②袁孝尼：袁准，字孝尼，官
给事中。宿醉：隔夜残酒未消。书札：书写在木板上。点定：修改校订。③左太冲：左思，字太冲。家世寒微，博学
能文，然貌丑口讷，官秘书郎。讥訾：指责非议。惬：愉快，满足。④张公：张华。《二京》：张衡作《二京赋》。
⑤皇甫谧：字士安，号玄晏先生，终身不仕。中年以后患风痹，乃钻研医学，著《甲乙经》。⑥非贰：非议怀疑。敛衽：提
起衣襟夹于腰带间，以示恭敬。⑦乐令：乐广。清言：清谈。手笔：撰写散文。⑧让：辞去官职。河南：郡名，治所在今
河南洛阳。潘岳：字安仁，美姿容，工诗赋，历河阳、怀县令，官至给事黄门侍郎。表：上奏皇帝的文书。⑨要：但是。
当：应当。⑩标位：揭示，阐明。直：只是。错综：组织整理。

夏侯湛作《周诗》成，示潘安仁，安仁曰："此非徒温雅，乃别见孝悌之性。"①潘因此遂作《家风诗》。

孙子荆除妇服，作诗以示王武子②。王曰："未知文生于情，情生于文？览之凄然，增伉俪③之重。"

太叔广甚辩给，而挚仲治长于翰墨，俱为列卿④。每至公坐，广谈，仲治不能对；退，着笔难广，广又不能答⑤。

庾子嵩作《意赋》成，从子文康见，问曰："若有意邪，非赋之所尽；若无意邪，复何所赋？"⑥答曰："正在有意无意之间。"

郭景纯⑦诗云："林无静树，川无停流。"阮孚云："泓

---

①夏侯湛：字孝若，文辞宏富，惠帝时官散骑侍郎。《周诗》：小雅中有六篇笙歌，有目无词，夏侯湛补作，称为"周诗"。潘安仁：潘岳，字安仁。温雅：温和典雅。孝悌：孝敬父母，敬爱兄长。 ②孙子荆：孙楚，字子荆，才华卓绝。除妇服：为妻子服丧期满，脱去丧服。王武子：王济，字武子，长于清谈。 ③伉俪：夫妻。 ④太叔广：姓太叔，晋武帝时博士。辩给：口才敏捷。挚仲治：挚虞，字仲治，晋惠帝时官太常。翰墨：笔墨，指文辞。 ⑤公坐：公众聚会的场合。坐，通"座"。著笔：撰写文章。难：驳诘。 ⑥庾子嵩：庾敳（ái），字子嵩。从子：侄儿。 ⑦郭景纯：郭璞，字景纯。博学多识，精通天文、历算、卜筮，注《尔雅》《方言》《山海经》传世。因劝阻王敦起兵，被杀。

峥_{zhēng} 萧_{xiāo}瑟_{sè}，实_{shí}不_{bù}可_{kě}言_{yán}。每_{měi}读_{dú}此_{cǐ}文_{wén}，辄_{zhé}觉_{jué}神_{shén}超_{chāo}形_{xíng}越_{yuè}。"①

庾_{yǔ}仲_{zhòng}初_{chū}②作_{zuò}《扬_{yáng}都_{dū}赋_{fù}》成_{chéng}，以_{yǐ}呈_{chéng}庾_{yǔ}亮_{liàng}。亮_{liàng}以_{yǐ}亲_{qīn}族_{zú}之_{zhī}怀_{huái}，大_{dà}为_{wèi}其_{qí}名_{míng}价_{jià}云_{yún}："可_{kě}三_{sān}《二_{èr}京_{jīng}》、四_{sì}《三_{sān}都_{dū}》。"于_{yú}此_{cǐ}人_{rén}人_{rén}竞_{jìng}写_{xiě}，都_{dū}下_{xià}纸_{zhǐ}为_{wèi}之_{zhī}贵_{guì}。谢_{xiè}太_{tài}傅_{fù}云_{yún}："不_{bù}得_{dé}尔_{ěr}，此_{cǐ}是_{shì}屋_{wū}下_{xià}架_{jià}屋_{wū}耳_{ěr}，事_{shì}事_{shì}拟_{nǐ}学_{xué}，而_{ér}不_{bù}免_{miǎn}俭_{jiǎn}狭_{xiá}③。"

谢_{xiè}太_{tài}傅_{fù}问_{wèn}主_{zhǔ}簿_{bù}陆_{lù}退_{tuì}："张_{zhāng}凭_{píng}何_{hé}以_{yǐ}作_{zuò}母_{mǔ}诔_{lěi}，而_{ér}不_{bù}作_{zuò}父_{fù}诔_{lěi}？"④退_{tuì}答_{dá}曰_{yuē}："故_{gù}当_{dāng}是_{shì}丈_{zhàng}夫_{fū}之_{zhī}德_{dé}，表_{biǎo}于_{yú}事_{shì}行_{xíng}⑤；妇_{fù}人_{rén}之_{zhī}美_{měi}，非_{fēi}诔_{lěi}不_{bù}显_{xiǎn}。"

孙_{sūn}兴_{xīng}公_{gōng}云_{yún}："潘_{pān}文_{wén}烂_{làn}若_{ruò}披_{pī}锦_{jǐn}，无_{wú}处_{chù}不_{bù}善_{shàn}；陆_{lù}文_{wén}若_{ruò}排_{pái}沙_{shā}简_{jiǎn}金_{jīn}，往_{wǎng}往_{wǎng}见_{jiàn}宝_{bǎo}。"⑥

孙_{sūn}兴_{xīng}公_{gōng}作_{zuò}《天_{tiān}台_{tái}赋_{fù}》成_{chéng}，以_{yǐ}示_{shì}范_{fàn}荣_{róng}期_{qī}，云_{yún}："卿_{qīng}试_{shì}掷_{zhì}地_{dì}，要_{yào}作_{zuò}金_{jīn}石_{shí}声_{shēng}。"⑦范_{fàn}曰_{yuē}："恐_{kǒng}子_{zǐ}之_{zhī}金_{jīn}石_{shí}，非_{fēi}宫_{gōng}商_{shāng}⑧中_{zhōng}声_{shēng}。"然_{rán}

---

①阮孚：字遥集，阮咸次子。泓峥：水深而山高。萧瑟：风吹林木的声音。　②庾仲初：庾阐，字仲初，官散骑常侍，领大著作。　③俭狭：贫乏狭窄。　④张凭：字长宗，举孝廉，补太常博士，官至御史中丞。诔：叙述死者生前德行以示哀悼的文章。　⑤事行：事迹行为。　⑥孙兴公：孙绰。潘：潘岳。烂若披锦：灿烂如身披锦缎。陆：陆机。排沙简金：犹"披沙拣金"，比喻在芜杂中选取精华。　⑦孙兴公：孙绰。天台：天台山，在今浙江天台县。范荣期：范启，字荣期，精于才学义理。　⑧宫商：五音中的宫商二音，此指音律。

每至佳句，辄云："应是我辈语。"

袁虎少贫，尝为人佣载运租①。谢镇西经船行，其

夜清风朗月，闻江渚间估客船上有咏诗声，甚有情

致②；所咏五言，又其所未尝闻，叹美不能已。即遣委曲讯

问，乃是袁自咏其所作《咏史诗》③。因此相要，大相

赏得④。

桓宣武命袁彦伯作《北征赋》，既成，公与时贤共

看，咸嗟叹之。时王珣在坐，云："恨少一句。得'写'字足

韵当佳。"⑤袁即于坐揽笔益云："感不绝于余心，溯流风而

独写。"⑥公谓王曰："当今不得不以此事推袁。"

袁彦伯作《名士传》成，见谢公，公笑曰："我尝与诸

人道江北事，特作狡狯耳，彦伯遂以著书。"⑦

---

①袁虎：袁宏，字彦伯，小字虎，擅长文章，官至东阳太守。佣载运租：受人雇佣，运载租谷。　②谢镇西：谢尚。估客：商贩。情致：情趣韵味。　③委曲：详细，详尽。讯问：打听。　④要：通"邀"，邀请。赏得：赏识亲近。　⑤恨：遗憾。足韵：补足韵脚。　⑥揽：取。益：增加。写：抒写。　⑦江北：指西晋。特：只。狡狯：开玩笑，戏谑。

桓 宣武北征，袁虎时从，被责免官^①。会须露布文，
唤袁倚马前令作^②。手不辍笔，俄得七纸，殊可观。东亭^③
在侧，极叹其才。袁虎云："当令齿舌^④间得利。"

袁 宏始作《东 征赋》，都不道陶公^⑤。胡奴诱之狭室
中，临以白刃，曰："先公勋业如是！君作《东 征赋》，云何
相忽略？"^⑥宏 窘蹙^⑦无计，便答："我大道公，何以云无？"
因诵曰："精金百炼，在割能断。功则治人，职思靖乱。
长 沙之勋，为史所赞。"^⑧

殷 仲 文天才宏赡，而读书不甚 广博，亮叹曰："若使
殷 仲 文读书半袁豹，才不减班固。"^⑨

王 孝伯在京，行散至其弟王睹户前，问："古诗中何

---

①桓宣武：桓温。北征：晋废帝太和四年(369)，桓温北征前燕。②露布：相当于公告、檄文。倚马：倚靠着马。
③东亭：王珣。④齿舌：指言语辞令。⑤陶公：陶侃，封长沙郡公。⑥胡奴：陶范，陶侃子。先公：先父，指陶侃。
⑦窘蹙：窘困。⑧职：执掌，主管。靖乱：平定叛乱。陶侃先后讨平张昌、陈敏、杜弢(tāo)、苏峻之乱。⑨宏 赡：丰
富。亮：傅亮。袁豹：东晋文人，好学博闻。班固：东汉著名文人，著《两都赋》、《汉书》等。

句^{jù}为^{wéi}最^{zuì}？"①睹^{dǔ}思^{sī}未^{wèi}答^{dá}。孝^{xiào}伯^{bó}咏^{yǒng}："'所^{suǒ}遇^{yù}无^{wú}故^{gù}物^{wù}，焉^{yān}得^{dé}不^{bù}速^{sù}

老^{lǎo}？'②此^{cǐ}句^{jù}为^{wéi}佳^{jiā}。"

①王孝伯：王恭。行散：服五石散漫步以散发药性，称"行散"。王睹：王爽，小字睹。户：门。 ②所遇无故物，焉得不速老：出自《古诗十九首·回车驾言迈》。

方 正

chén tài qiū yǔ yǒu qī xíng　　qī rì zhōng　　　guò zhōng bù zhì　tài qiū shě　　qù
陈太丘与友期行，期日中①。过中不至，太丘舍②去，

qù hòu nǎi zhì　　yuán fāng shí nián qī suì　mén wài xì　　kè wèn yuán fāng　　zūn jūn zài
去后乃至。元方③时年七岁，门外戏。客问元方："尊君在

fǒu　　　dá yuē　　dài jūn jiǔ bù zhì　yǐ qù　　　yǒu rén biàn nù yuē　　fēi rén zāi
不?"④答曰："待君久不至，已去。"友人便怒曰："非人哉！

yǔ rén qī xíng　xiāng wěi　ér qù　　yuán fāng yuē　　jūn yǔ jiā jūn qī rì zhōng　　rì
与人期行，相委⑤而去。"元方曰："君与家君期日中，日

zhōng bù zhì　　zé shì wú xìn　　duì zǐ mà fù　　zé shì wú lǐ　　yǒu rén cán　xià chē
中不至，则是无信；对子骂父，则是无礼。"友人惭，下车

yǐn　zhī　yuán fāng rù mén bù gù
引⑥之，元方入门不顾。

nán yáng zōng shì lín　　wèi wǔ tóng shí　　ér shèn bó qí wéi rén　bù yǔ zhī jiāo
南阳宗世林，魏武同时，而甚薄其为人，不与之交⑦。

jí wèi wǔ zuò sī kōng　zǒng cháo zhèng　cóng róng wèn zōng yuē　　kě yǐ jiāo wèi　　dá
及魏武作司空，总朝政，从容问宗曰："可以交未?"答

yuē　　sōng bǎi zhī zhì yóu cún　　shì lín jì yǐ wǔ zhǐ jiàn shū　wèi bù pèi dé　　wén
曰："松柏之志犹存。"世林既以忤旨见疏，位不配德⑧。文

---

①陈太丘：陈寔。期行：相约同行。　②舍：舍弃。　③元方：陈纪。　④尊君：尊称人父为"尊君"，自称己父为"家君"。不：同"否"。　⑤委：舍弃。　⑥引：拉，此处指亲近。　⑦南阳：郡名，治所在宛县（今河南南阳）。宗世林：宗承，字世林，德行雅正，士人争与之交。魏武：曹操，曹丕称帝后尊封为魏武帝。薄：鄙薄。　⑧忤旨：违背意旨。见疏：被疏远。

帝兄弟每造其门，皆独拜床下①。其见礼如此。

魏文帝受禅，陈群有戚容②。帝问曰："朕应天受命，卿何以不乐？"③群曰："臣与华歆服膺先朝，今虽欣圣化，犹义形于色。"④

夏侯玄既被桎梏，时钟毓为廷尉，钟会先不与玄相知，因便狎之⑤。玄曰："虽复刑余之人，未敢闻命⑥。"考掠⑦。初无一言，临刑东市⑧，颜色不异。

高贵乡公薨，内外喧哗⑨。司马文王问侍中陈泰曰："何以静之？"⑩泰云："唯杀贾充以谢天下。"文王曰："可复下此不？"对曰："但见其上，未见其下。"

诸葛靓后入晋，除大司马，召不起⑪。以与晋室有仇，

①文帝兄弟：指曹丕和曹植。造：拜访。床：坐具。②魏文帝：曹丕。受禅：接受汉献帝禅让，称帝。陈群：陈寔孙，始为曹操属官，文帝时官尚书令，封颍乡侯。戚容：愁苦的脸色。③朕：皇帝自称。应天受命：顺应天道，承受天命。指帝王登基。④服膺：衷心拥戴。圣化：圣王教化。义：道义，此指不忘旧主。⑤夏侯玄：字太初，累迁散骑常侍、中护军、征西将军、大鸿胪、太常等职，后被司马师所杀。桎梏：脚镣手铐。钟毓：魏太傅钟繇长子。廷尉：掌刑狱的官名。钟会：钟毓弟。狎：亲近。⑥闻命：接受命令。⑦考掠：拷问。⑧东市：汉代在长安东市处决犯人，后以东市指刑场。⑨高贵乡公：曹髦。曹丕孙，初封高贵乡公，司马师废齐王曹芳，立他为帝。率宫中侍卫僮仆出攻司马昭，被司马昭的亲信贾充令人杀死。薨：帝王死称"薨"。⑩司马文王：司马昭。陈泰：字玄伯，陈群子。累迁尚书右仆射，加侍中，光禄大夫。高贵乡公被杀，他号哭尽哀，呕血而卒。⑪除：拜官授职。不起：拒绝出仕。

常背洛水而坐①。与武帝有旧，帝欲见之而无由，乃请诸葛妃呼靓②。既来，帝就太妃间相见。礼毕，酒酣，帝曰："卿故复忆竹马之好不？"③靓曰："臣不能吞炭漆身，今日复睹圣颜。"④因涕泗百行。帝于是惭悔而出。

杜预之荆州，顿七里桥，朝士悉祖⑤。预少贱，好豪侠，不为物⑥所许。杨济既名氏，雄俊不堪，不坐而去⑦。须臾，和长舆⑧来，问："杨右卫何在？"客曰："向来，不坐而去。"长舆曰："必大夏门下盘马。"⑨往大夏门，果大阅骑，长舆抱内车，共载归，坐如初⑩。

晋武帝时，荀勖为中书监，和峤为令⑪。故事⑫，监、令

①有仇：诸葛靓的父亲诸葛诞本为魏将，后叛魏降吴，被司马昭所杀。常背洛水而坐：表示不归顺西晋。洛水，即洛河，在洛阳南面，此处用以指西晋都城洛阳。 ②武帝：司马炎。诸葛妃：诸葛靓之姊，司马炎的叔母。 ③故复：仍然，还。竹马：以竹为马，一种儿童游戏，代指童年。 ④吞炭漆身：战国时期韩、赵、魏三家攻杀智伯，智伯的门客豫让吞咽木炭，用漆涂身，改变面容以刺杀赵襄子，失败被杀。圣颜：指皇帝的容颜。 ⑤杜预：字元凯，京兆杜陵（今陕西西安东南）人。博学有谋略，著《春秋左氏传集解》。任镇南大将军、都督荆州诸军事，以平吴功封当阳县侯。顿：暂时停留。七里桥：在洛阳城东。祖：原为出行祭祀路神，引申为饯行。 ⑥物：人，公众。 ⑦杨济：官至右卫将军，太子少傅。其兄杨骏，为晋武帝杨皇后之父，权倾天下。不堪：不能忍受。 ⑧和长舆：和峤，字长舆。 ⑨大夏门下：洛阳城北门。盘马：驻马盘旋。 ⑩阅骑：检阅骑兵。内：通"纳"，放入。 ⑪晋武帝：司马炎。中书监：中书省的副职。令：中书令，亦为中书省副职，与中书监职责相同。 ⑫故事：先例，旧有的典章制度。

方正

世说新语诵读本

由来共车。娇性雅正，常疾勖谄谀①。后公车来，娇便登，正向前坐，不复容勖。勖方更觅车，然后得去②。监、令各给车，自此始。

向雄为河内主簿，有公事不及雄，而太守刘淮横怒，遂与杖遣之③。雄后为黄门郎，刘为侍中，初不交言④。武帝闻之，敕雄复君臣之好⑤。雄不得已，诣刘，再拜曰："向受诏而来，而君臣之义绝，何如？"⑥于是即去。武帝闻尚不和，乃怒问雄曰："我令卿复君臣之好，何以犹绝？"雄曰："古之君子，进人以礼，退人以礼；今之君子，进人若将加诸膝，退人若将坠诸渊。臣于刘河内，不为戎首，亦已幸甚，安复为君臣之好？"⑦武帝从之。

齐王冏为大司马，辅政，嵇绍为侍中，诣冏咨事⑧。

---

①雅正：端方正直。疾：憎恨。谄谀：过好、巴结、奉承。 ②方：只好。更：重新。 ③河内：郡名，治所在怀县（今河南武陟西南）。横怒：无端地发怒。杖遣：杖责驱逐。 ④黄门郎：黄门侍郎，黄门为魏晋宫内官署。侍中：在皇帝左右侍从顾问的官员，为亲信贵重之职。 ⑤武帝：晋武帝司马炎。敕：皇帝的命令。君臣：东汉、魏晋时期州郡长官与僚属之间，视为君臣关系。 ⑥诣：造访。再拜：拜了再拜，表示尊敬。 ⑦"古之君子"六句：出自《礼记·檀弓下》。进：举荐，提拔。退：斥退，罢职。戎首：发动战争的主谋，此指挑起事端的人。 ⑧咨事：请示公事。

同设宰会①，召葛旟、董艾等共论时宜。旟等白同："嵇侍中善于丝竹②，公可令操之。"遂送乐器。绍推却③不受，同曰："今日共为欢，卿何却邪？"绍曰："公协辅皇室，令作事可法。绍虽官卑，职备常伯。操丝比竹盖乐官之事，不可以先王法服为伶人之业。今逼高命，不敢苟辞，当释冠冕，袭私服，此绍之心也。"④旟等不自得而退。

卢志于众坐问陆士衡："陆逊、陆抗是君何物？"⑤答曰："如卿于卢毓、卢珽。"⑥士龙失色，既出户，谓兄曰："何至如此？彼容不相知也。"⑦士衡正色曰："我父、祖名播海内，宁有不知，鬼子⑧敢尔！"议者疑二陆优劣，谢公以此定之。

①宰会：设置酒宴邀请僚属集会。 ②丝竹：弦乐器和管乐器。 ③推却：推辞拒绝。 ④可法：切合法度。备：充数。常伯：周代官名，王之左右亲近。法服：按礼法制定的正式冠服。高命：尊贵的命令。冠冕：此指官服。袭：穿。私服：便服。 ⑤卢志：字子道，范阳涿（今河北涿州）人。历官邺令、成都王司马颖长史、中书监，永嘉末，转尚书。陆士衡：陆机，字士衡。陆逊：陆机祖父，仕吴为丞相。陆抗：陆机父，官大司马。物：人。 ⑥卢毓：卢志祖父，仕魏吏部尚书、司空。卢珽：卢志父，位至尚书。 ⑦士龙：陆云，字士龙。容：或许。 ⑧鬼子：传说卢志祖先充在郊外入崔少府墓，与崔氏亡女成婚，生子为卢植，后为马融高足，官至尚书。卢植即卢毓额父亲，也就是卢志的曾祖。

方正

王太尉不与庾子嵩交，庾卿之不置①。王曰："君不得为尔。"庾曰："卿自君我，我自卿卿；我自用我法，卿自用卿法。"②

阮宣子③论鬼神有无者。或以人死有鬼，宣子独以为无，曰："今见鬼者云，著生时衣服，若人死有鬼，衣服复有鬼邪？"

王丞相初在江左，欲结援吴人，请婚陆太尉④。对曰："培塿无松柏，薰莸不同器。玩虽不才，义不为乱伦之始。"⑤

王含作庐江郡，贪浊狼籍⑥。王敦护其兄，故于众坐称："家兄在郡定佳，庐江人士咸称之！"时何充为敦主簿，在坐，正色曰："充即庐江人，所闻异于此！"敦默

①王太尉：王衍。庾子嵩：庾颛。卿之：称他为卿。卿，是魏晋间对对方比较亲近而随便的称呼。不置：不止，不已。 ②君我：用"君"称呼我。卿卿：用"卿"称呼你。 ③阮宣子：阮修。 ④王丞相：王导。结援：结交以求得援助。请婚：请求通婚。陆太尉：陆玩，死后赠太尉。 ⑤培塿：小山丘。薰莸：香草和臭草。乱伦：指辈分不合或门第不称的婚姻。 ⑥王含：王敦兄。作庐江郡：任庐江太守。狼籍：散乱，不整饬的样子。此指行为不检点，名声极坏。

方正

世说新语诵读本

rán　　páng rén wèi zhī fǎn cè　　chōng yàn rán　 shén yì　 zì ruò
然。旁人为之反侧，充晏然，神意自若①。

míng dì zài xī táng　 huì zhū gōng yǐn jiǔ　 wèi dà zuì　　dì wèn　　 jīn míng chén gòng
明帝在西堂，会诸公饮酒，未大醉，帝问："今名臣共

jí　 hé rú yáo shùn shí　　zhōu bó rén wéi pú yè　　yīn lì shēng yuē　 jīn suī tóng rén
集，何如尧、舜时？"②周伯仁为仆射，因厉声曰："今虽同人

zhǔ　 fù nǎ dé děng yú shèng zhì　　 dì dà nù　 huán nèi　 zuò shǒu zhào mǎn yī huáng
主，复那得等于圣治！"③帝大怒，还内，作手诏满一黄

zhǐ　 suì fù tíng wèi lìng shōu　 yīn yù shā zhī　　hòu shù rì　 zhào chū zhōu　 qún chén wǎng
纸，遂付廷尉令收，因欲杀之④。后数日，诏出周，群臣往

xǐng zhī　　　zhōu yuē　　 jìn zhī dāng bù sǐ　 zuì bù zú zhì cǐ
省之⑤。周曰："近知当不死，罪不足至此。"

wáng dà jiāng jūn dāng xià　 shí xián wèi wú yuán ěr　　 bó rén yuē　 jīn zhǔ fēi
王大将军当下，时咸谓无缘尔⑥。伯仁曰："今主非

yáo shùn　 hé néng wú guò　 qiě rén chén ān dé chēng bīng yǐ xiàng cháo tíng　 chǔ zhòng láng
尧、舜，何能无过？且人臣安得称兵以向朝廷？处仲狼

kàng gāng bì　 wáng píng zǐ hé zài
抗刚愎，王平子何在？"⑦

wáng dà jiāng jūn jì fǎn　 zhì shí tóu　 zhōu bó rén wǎng jiàn zhī　　 wèi zhōu yuē
王大将军既反，至石头⑧，周伯仁往见之。谓周曰：

qīng hé yǐ xiāng fù　　 duì yuē　 gōng róng chē fàn zhèng　 xià guān tǎn shuài liù jūn　 ér
"卿何以相负⑨？"对曰："公戎车犯正，下官忝率六军，而

①反侧：不安。晏然：态度安详。　②明帝：司马绍。西堂：东晋皇宫中太极殿之西厅。会：会聚。　③周伯仁：周颛，字伯仁，时任尚书左仆射。圣治：圣明之治。　④廷尉：官名，掌刑法。收：逮捕。　⑤诏：下诏。出：释放。省：看望。　⑥王大将军：王敦，字处仲。当下：谓将要从武昌起兵东下建康。无缘尔：没有缘由如此。　⑦狼抗：傲慢自大。刚愎：倔强任性。王平子：王澄，字平子。王澄素有盛名，在王敦之上，为王敦所惧，澄当时已为王敦所杀。　⑧石头：石头城，在建康西，地形险要，为军事重地。　⑨负：辜负。

wáng shī bù zhèn yǐ cǐ fù gōng

王师不振，以此负公。"①

sū jùn jì zhì shí tóu bǎi liáo bēn sàn wéi shì zhōng zhōng yǎ dú zài dì cè

苏峻既至石头，百僚奔散，唯侍中 钟雅独在帝侧②。

huò wèi zhōng yuē jiàn kě ér jìn zhī nán ér tuì gǔ zhī dào yě jūn xìng liàng zhí

或谓钟曰："见可而进，知难而退，古之道也。君性亮直，

bì bù róng yú kòu chóu hé bù yòng suí shí zhī yí ér zuò dài qí bì yé zhōng yuē

必不容于寇仇，何不用随时之宜，而坐待其弊邪？"③ 钟曰：

guó luàn bù néng kuāng jūn wēi bù néng jì ér gè xùn dùn yǐ qiú miǎn wú jù dǒng hú

"国乱不能 匡，君危不能济，而各逊遁以求免，吾惧董狐

jiāng zhí jiǎn ér jìn yǐ

将执简而进矣！"④

kǒng jūn píng jí dǔ yǔ sī kōng wéi kuài jī xǐng zhī xiāng wèn xùn shèn zhì wèi zhī

孔君平疾笃，庾司空为会稽，省之，相 问讯甚至，为之

liú tì yǔ jì xià chuáng kǒng kǎi rán yuē dà zhàng fū jiāng zhōng bù wèn ān guó

流涕⑤。庾既下 床，孔慨然曰："大丈夫将 终，不问安国

níng jiā zhī shù nǎi zuò ér nǚ zǐ xiāng wèn yǔ wén huí xiè zhī qǐng qí huà yán

宁家之术，乃作儿女子相 问！"庾闻，回谢之，请其话言⑥。

wáng shù zhuǎn shàng shū lìng shì xíng biàn bài wén dù yuē gù yīng ràng dù

王述 转 尚书令，事行便拜⑦。文度曰："故应让杜、

xǔ lán tián yún rǔ wèi wǒ kān cǐ fǒu wén dù yuē hé wèi bù kān dàn

许。"⑧蓝田云："汝谓我堪此不？"⑨文度曰："何为不堪！但

---

①戎车：兵车。犯正：指背叛朝廷。忝：谦辞，表示行为于人有辱或者于己有愧。六军：周代制度，天子有六军。
②苏峻：参与平定王敦，后以讨伐庾亮为名，起兵攻入建康，不久为温峤、陶侃等击败，被杀。钟雅：苏峻之乱，钟雅领
精兵据峻，不敌，任侍中、侍卫晋成帝，次年被苏峻所杀。 ③见可而进，知难而退：见《左传·宣公十二年》，意谓作战
须见机行事，形势可进则进，知难而退。亮直：坦诚耿直。寇仇：敌人。弊：通"毙"，倒下。 ④匡：纠正，拯救。济：救
助。逊遁：退避。董狐：春秋时晋国史官，以秉笔直书著称。简：竹简。 ⑤孔君平：孔坦，字君平，历官尚书左丞、吴
郡太守等职务，以触怒王导出为廷尉，因病去职。疾笃：病重。庾司空：庾冰，时任会稽内史。省：探望。至：诚恳。
⑥谢：道歉。话言：指孔坦临终要说的话。 ⑦王述：封蓝田侯。转：调转。事行便拜：指任命之事下达就要上任。
⑧文度：王坦之，王述之子。故：或许。杜、许：二人不详。 ⑨堪：胜任。不：同"否"。

63

kè ràng zì shì měi shì　kǒng bù kě quē　　　lán tián kǎi rán yuē　　jì yún kān　hé wèi fù
克让自是美事,恐不可阙。"①蓝田慨然曰:"既云堪,何为复

ràng　rén yán rǔ shèng wǒ　dìng bù rú wǒ
让?人言汝胜我,定不如我。"

　　wáng zhǎng shǐ qiú dōng yáng　fǔ jūn bù yòng　　hòu jí dǔ　lín zhōng　fǔ jūn āi
　　王 长史求东 阳,抚军不用②。后疾笃,临终,抚军哀

tàn yuē　wú jiāng fù zhòng zǔ　　yú cǐ mìng yòng zhī　zhǎng shǐ yuē　rén yán kuài jī
叹曰:"吾将负仲祖。"于此命用之。长史曰:"人言会稽

wáng chī　zhēn chī
王痴,真痴。"

　　liú jiǎn zuò huán xuān wǔ bié jià　hòu wéi dōng cáo cān jūn　pō yǐ gāng zhí jiàn shū
　　刘简作桓 宣武别驾,后为东曹参军,颇以刚直见疏③。

cháng tīng jì　jiǎn dōu wú yán　　　xuān wǔ wèn　　liú dōng cáo hé yǐ bù xià yì　　dá
尝 听记,简都无言④。宣武问:"刘东曹何以不下意⑤?"答

yuē　huì　bù néng yòng　　xuān wǔ yì wú guài sè
曰:"会⑥不能 用。"宣武亦无怪色。

　　wáng wén dù wéi huán gōng zhǎng shǐ shí　huán wèi ér qiú wáng nǚ　wáng xǔ zī lán
　　王 文度为桓公 长史时,桓为儿求王女,王许咨蓝

tián　　jì huán　lán tián ài niàn wén dù　suī zhǎng dà　yóu bào zhuó xī shàng　wén dù yīn
田。既还,蓝田爱念文度,虽 长大,犹抱著膝上。文度因

yán huán qiú jǐ nǚ hūn　lán tián dà nù　pái wén dù xià xī　yuē　wù jiàn wén dù yǐ
言桓求己女婚。蓝田大怒,排文度下膝,曰:"恶见文度已

fù chī　wèi huán wēn miàn　bīng　nǎ kě jià nǚ yǔ zhī　　wén dù huán bào wēn yún
复痴,畏桓 温 面?兵,那可嫁女与之!"⑦文度还报温云:

---

①克让:能够谦让。阙:通"缺"。 ②求东阳:请求做东阳太守。抚军:司马昱,时以会稽王任抚军大将军。
③别驾:州刺史的佐史。东曹参军:魏晋时军府分东西曹,各置参军。 ④听记:听桓温下达教命的意见。记:指教、命
一类的公文。 ⑤下意:提出意见。 ⑥会:终究。 ⑦排:推。恶:憎恶。兵:指桓温,桓为武将,家世寒微,故为王氏所
轻视。

"下官家中先得婚处①。"桓公曰:"吾知矣,此尊府君②不肯耳。"后桓女遂嫁文度儿。

孝武③问王爽:"卿何如卿兄?"王答曰:"风流秀出,臣不如恭,忠孝亦何可以假④人!"

方正

---

①先得婚处:谓先前已经为女儿订婚。 ②尊府君:尊称对方的父亲。 ③孝武:东晋孝武帝司马曜。 ④假:借与,给予。

雅　量

豫章太守顾劭，是雍之子①。劭在郡卒。雍盛集僚属自围棋，外启信至，而无儿书，虽神气不变，而心了其故，以爪掐掌，血流沾褥②。宾客既散，方叹曰："已无延陵之高，岂可有丧明之责！"③于是豁④情散哀，颜色自若。

嵇中散临刑东市，神气不变，索琴弹之，奏《广陵散》⑤。曲终，曰："袁孝尼尝请学此散，吾靳固不与，《广陵散》于今绝矣！"⑥太学生三千人上书，请以为师，不许。文王⑦亦寻悔焉。

夏侯太初尝倚柱作书，时大雨，霹雳破所倚柱，衣服

---

①顾劭：字孝则，年二十七为豫章太守，举善教民，风化大行。雍：顾雍，吴国大臣，为丞相十九年。 ②自：正在。启：报告。信：信使。了：明白。 ③延陵：春秋时吴国公子季札，初封延陵，故称延陵季子。高：旷达知命。《礼记·檀弓下》记载季札葬儿而叹："骨肉归复于土，命也。若魂气，则舞步之也。"丧明之责：《礼记·檀弓上》记载孔子弟子子夏死了儿子，哭得眼睛失明，被曾子所责备。 ④豁：排遣，消散。 ⑤嵇中散：嵇康，曾任魏中散大夫。东市：指刑场。《广陵散》：琴曲，嵇康善弹此曲。 ⑥袁孝尼：袁准。靳固：吝惜而坚决。 ⑦文王：司马昭。

焦然，神色无变，书亦如故①。宾客左右皆跌荡②不得住。

王戎七岁，尝与诸小儿游。看道边李树多子折枝，诸儿竞走取之，唯戎不动③。人问之，答曰："树在道边而多子，此必苦李。"取之信然。

魏明帝于宣武场上断虎爪牙，纵百姓观之④。王戎七岁，亦往看。虎承间攀栏而吼，其声震地，观者无不辟易颠仆，戎湛然不动，了无恐色⑤。

王戎为侍中，南郡太守刘肇遗筒中笺布五端，戎虽不受，厚报其书⑥。

王夷甫尝属族人事，经时未行⑦。遇于一处饮燕⑧，因语之曰："近属尊事，那得不行？"族人大怒，便举樏⑨掷其面。夷甫都无言，盥洗⑩毕，牵王丞相臂，与共载去。在

雅量

世说新语诵读本

①夏侯太初：夏侯玄。作书：书写信札。焦然：烧焦。然，通"燃"。 ②跌荡：倾倒摇晃。 ③折枝：使树枝弯曲。走：奔跑。 ④魏明帝：曹睿。宣武场：操场。 ⑤承间：趁机会。辟易：惊退。颠仆：跌倒。湛然：冷静沉着的样子。 ⑥遗：赠送。筒：竹筒。笺布：一种质地细密的棉布。五端：十丈。二丈为一端。 ⑦属：同"嘱"，托付。经时：多时。 ⑧饮燕：饮宴，设宴饮酒。 ⑨樏：一种食盒，形似盘，中有隔。 ⑩盥洗：洗手。

车中。照镜，语丞相曰："汝看我眼光，乃出牛背上。"

裴遐在周馥所，馥设主人①。遐与人围棋。馥司马行酒，遐正戏，不时为饮，司马恚，因曳遐坠地②。遐还坐，举止如常，颜色不变，复戏如故。王夷甫问遐："当时何得颜色不异？"答曰："直是暗当故耳③。"

刘庆孙在太傅府，于时人士多为所构，唯庾子嵩纵心事外，无迹可间④。后以其性俭家富，说⑤太傅令换千万，冀其有吝，于此可乘。太傅于众坐中问庾，庾时颓然已醉，帻⑥堕几上，以头就穿取。徐答云："下官家故可有两娑⑦千万，随公所取。"于是乃服。后有人向庾道此，庾曰："可谓以小人之虑，度君子之心。"⑧

王夷甫与裴景声志好不同，景声恶欲取之，卒不能

①设主人：做东道主。 ②司马：军府官名。行酒：斟酒劝饮。恚：怒。曳：牵引，拖。 ③暗当故耳：光线暗看不出来。 ④刘庆孙：刘舆，字庆孙，刘琨兄。依附东海王司马越，为其谋主。太傅：司马越，永嘉年间，把持朝政。构：陷害。庾子嵩：庾敳(ái)字子嵩，时任东海王军谘祭酒。纵心：放任其心。间：离间，非难。 ⑤说：劝说。 ⑥帻：包发的头巾。 ⑦娑：与"三"音近，借为"三"。 ⑧此语出自《左传·昭公二十八年》。

68

回^①。乃故诣王，肆言极骂，要王答己，欲以分谤^②。王不为动色，徐曰："白眼儿遂作。"^③

王夷甫长裴公^④四岁，不与相知。时共集一处，皆当时名士，谓王曰："裴令令望何足计？"王便卿裴，裴曰："自可全君雅志。"^⑤

祖士少好财，阮遥集好屐，并恒自经营^⑥。同是一累，而未判其得失^⑦。人有诣祖，见料视财物，客至，屏当未尽，余两小簏，著背后，倾身障之，意未能平^⑧。或有诣阮，见自吹火蜡屐，因叹曰："未知一生当著几量屐！"^⑨神色闲畅。于是胜负始分。

庾太尉风仪伟长，不轻举止，时人皆以为假^⑩。亮有

---

①裴景声：裴邈，字景声。恶：厌恶。取：任用。 ②分谤：指共同承担社会的指责。 ③白眼：因发怒而瞪大眼睛，使眼白突出。作：发作。 ④裴公：裴颜。 ⑤卿裴：王衍用卿称呼裴颜。卿，魏晋时期用作上对下，长对幼的称呼。用于同辈之间，则有亲昵而不拘礼数的意味。全君雅志：成全您高雅的志趣，这句话有反讽的意味。君，为敬称。
⑥祖士少：祖约，字士少，祖逖异母弟，以讨伐王敦有功不赏，起兵叛乱，后兵败，被杀。阮遥集：阮孚，字遥集，阮咸次子。因劝阻王敦叛乱被杀。屐：木制拖鞋。 ⑦累：负担，牵累。判：分辨。 ⑧料视：检点察看。屏当：收拾。簏：竹箱。著：放置。 ⑨蜡屐：为木屐上蜡。著：穿。量：通"緉"，双。 ⑩庾太尉：庾亮，字元规。风仪：风度仪表。伟长：壮伟优秀。

dà ér shù suì　　yǎ zhòng zhī zhì　biàn zì rú cǐ　rén zhī shì tiān xìng　　wēn tài zhēn
大儿数岁，雅重之质，便自如此，人知是天性①。温太真

cháng yǐn màn dá zhī　cǐ ér shén sè tián rán　nǎi xú guì yuē　jūn hóu hé yǐ wéi
尝隐幔恒之，此儿神色恬然，乃徐跪曰："君侯何以为

cǐ　　lùn zhě wèi bù jiǎn liàng　sū jùn shí　yù hài　huò yún　jiàn ā gōng zhī
此？"②论者谓不减亮。苏峻时③遇害。或云："见阿恭，知

yuán guī fēi jiǎ
元规非假。"

　　xī tài fù zài jīng kǒu　qiǎn mén shēng yǔ wáng chéng xiàng shū　qiú nǔ xù　　chéng
　　郗太傅在京口，遣门生与王丞相书，求女婿④。丞

xiàng yù xī xìn　　jūn wǎng dōng xiāng　rèn yì xuǎn zhī　　mén shēng guī　bái xī yuē
相语郗信⑤："君往东厢，任意选之。"门生归，白郗曰：

wáng jiā zhū láng yì jiē kě jiā　wén lái mì xù　xián zì jīn chí　　wéi yǒu yī láng zài
"王家诸郎亦皆可嘉，闻来觅婿，咸自矜持⑥，唯有一郎在

dōng chuáng shàng tǎn fù wò　rú bù wén　　xī gōng yún　zhèng cǐ hǎo　fǎng zhī　nǎi
东床上坦腹卧，如不闻。"郗公云："正此好！"访之，乃

shì yì shào　　yīn jià nǔ yǔ yān
是逸少⑦，因嫁女与焉。

　　zhōu zhòng zhì yǐn jiǔ zuì　　chēn mù huán miàn wèi bó rén yuē　　jūn cái bù rú dì
　　周仲智饮酒醉，瞋目还面谓伯仁曰："君才不如弟，

ér héng dé zhòng míng　　xū yú　jǔ là zhú huǒ zhì bó rén　bó rén xiào yuē　ā nú
而横得重名！"⑧须臾，举蜡烛火掷伯仁，伯仁笑曰："阿奴⑨

huǒ gōng　gù chū xià cè ěr
火攻，固出下策耳！"

---

①大儿：庾会，字会宗，小字阿恭。雅重：端庄持重。②温太真：温峤，字太真。隐：躲藏。幔：帷幕。恒：恐吓，吓唬。恬然：安然。君侯：尊称。③时：指苏峻起兵攻打建康时。④郗太傅：郗鉴。京口：今江苏镇江。⑤信：信使。⑥矜持：庄重，此指故意做作，不自然。⑦逸少：王羲之，字逸少。⑧周仲智：周嵩，字仲智，官太守、御史丞等。瞋目：瞪大眼睛。伯仁：周颛，字伯仁。横：无缘无故。⑨阿奴：兄对弟的爱称。

顾和始为扬州从事，月旦当朝，未入顷，停车州门外①。周侯诣丞相，历②和车边，和觅虱，夷然不动。周既过，反还，指顾心曰："此中何所有？"顾搏③虱如故，徐应曰："此中最是难测地。"周侯既入，语丞相曰："卿州吏中有一令仆④才。"

庾太尉与苏峻战，败，率左右十余人乘小船西奔，乱兵相剥掠，射，误中舵工，应弦而倒，举船上咸失色分散⑤。亮不动容，徐曰："此手那可使著⑥贼！"众乃安。

庾小征西尝出未还，妇母阮，是刘万安妻，与女上安陵城楼上⑦。俄顷，翼归，策良马，盛舆卫⑧。阮语女："闻庾郎能骑，我何由得见？"妇告翼，翼便为于道开卤簿盘马，始两转，坠马堕地，意色自若⑨。

①月旦：农历每月初一。朝：聚会。 ②历：经过。 ③搏：捕捉。 ④令仆：尚书省长官尚书令与尚书仆射的合称。⑤剥掠：掠夺。射：指船上的人射箭。 ⑥著：碰触，中。 ⑦庾小征西：庾翼，为征西将军。其兄庾亮亦为征西将军，故称其为"小征西"。安陵：当作"安陆"，为江夏郡治所。⑧俄顷：一会儿。舆卫：舆从护卫。 ⑨开：排开。卤簿：帝王驾出时扈从的仪仗队，自汉以后亦用于后妃、太子、王公大臣。盘马：驰马盘旋。

世说新语诵读本

宣武与简文、太宰共载，密令人在舆前后鸣鼓大叫。卤簿中惊扰①。太宰惶怖，求下舆；顾看简文，穆然清恬②。宣武语人曰："朝廷间故复③有此贤。"

谢太傅盘桓东山时，与孙兴公诸人泛海戏④。风起浪涌，孙、王诸人色并遽，便唱使还⑤。太傅神情方王，吟啸不言⑥。舟人以公貌闲意说⑦，犹去不止。既风转急，浪猛，诸人皆喧动不坐。公徐云："如此将无⑧归？"众人即承响⑨而回。于是审其量，足以镇安朝野。

桓公伏甲设馔，广延朝士，因此欲诛谢安、王坦之⑩。王甚遽，问谢曰："当作何计？"谢神意不变，谓文度曰："晋阼存亡，在此一行。"相与俱前。王之恐状，转见⑪于色。谢之宽容⑫，愈表于貌。望阶趋席，方作洛生

---

①宣武：桓温。简文：司马昱。太宰：武陵王司马晞，穆帝时任太宰。卤簿：仪仗队。　②穆然清恬：沉默安静。　③故复：仍然，还。　④谢太傅：谢安。盘桓：逗留。东山：山名，在今浙江上虞西南。孙兴公：孙绰。　⑤王：王羲之。遽：惶恐。唱：高呼。　⑥王：通"旺"，此指兴致正旺。吟：吟咏。啸：撮口发出长而清越的声音。　⑦貌闲意说：容貌安静，神情喜悦。　⑧将无：莫非，还是。　⑨承响：应声。　⑩馔：食物。延：请。因：凭借，利用。王坦之：字文度。　⑪见：出现。　⑫宽容：从容宽缓。

咏，讽"浩浩洪流"①。桓惮其旷远，乃趣解兵②。王、谢旧齐名，于此始判优劣。

谢太傅与王文度共诣郗超，日旰未得前③。王便欲去，谢曰："不能为性命忍俄顷④？"

支道林还东，时贤并送于征虏亭。蔡子叔前至，坐近林公；谢万石后来，坐小远。蔡暂起，谢移就其处。蔡还，见谢在焉，因合褥举谢掷地，自复坐。谢冠帻倾脱，乃徐起，振衣就席，神意甚平，不觉瞋沮。坐定，谓蔡曰："卿奇人，殆坏我面。"蔡答曰："我本不为卿面作计。"其后，二人俱不介意。

戴公⑤从东出，谢太傅往看之。谢本轻戴，见，但与论琴书。戴既无吝色⑥，而谈琴书愈妙。谢悠然知其量。

①洛生咏：西晋洛阳一带读书人吟诵诗文的声调。浩浩洪流：出自嵇康《赠秀才入军五首》第三首第一句，见《文选》卷二十四。　②惮：畏惧。趣：赶快，匆忙。　③郗超：桓温的亲信，权重一时。日旰：天晚。　④俄顷：片刻。　⑤戴公：戴逵，善鼓琴，精于绘画雕刻。　⑥吝色：不乐意的神色。

谢公与人围棋,俄而谢玄淮上信至,看书竟,默然无言,徐向局①。客问淮上利害,答曰:"小儿辈大破贼。"②意色举止,不异于常。

王子猷、子敬曾俱坐一室,上忽发火,子猷遽走避,不惶取屐;子敬神色恬然,徐唤左右扶凭而出,不异平常③。世以此定二王神宇④。

王东亭为桓宣武主簿,既承藉,有美誉,公甚欲其人地,为一府之望⑤。初见谢⑥失仪,而神色自若。坐上宾客即相贬笑,公曰:"不然。观其情貌,必自不凡,吾当试之。"后因月朝阁下伏,公于内走马直出突之,左右皆宕仆,而王不动⑦。名价于是大重,咸云:"是公辅⑧器也。"

①俄而:不久。淮上:指淝水前线。淝水是淮河上游的支流,故称。当时前秦苻坚南下攻晋,谢安派谢玄率军迎战,以少敌多,大破敌军,是为"淝水之战"。信:信使。 ②利害:指胜负。大破贼:指前线大获全胜。 ③王子猷:王徽之。子敬:王献之。惶:通"遑",闲暇。屐:木制拖鞋。扶凭:扶着架着。 ④神宇:指胸怀器量。 ⑤王东亭:王珣。承藉:凭借,此指王珣凭借门第高贵而获得美誉。人地:人品与门第。 ⑥见谢:向桓温道谢。 ⑦月朝:古时官府僚属每月初一须朝见长官。公:指桓温。走马:驰马。宕仆:摇晃跌倒。 ⑧公辅:指三公和丞相的职位。

cáo gōng shào shí jiàn qiáo xuán　xuán wèi yuē　　tiān xià fāng luàn　qún xióng hǔ zhēng
曹公少时见乔玄，玄谓曰："天下方乱，群雄虎争，

bō ér lǐ zhī　fēi jūn hū　rán jūn shí shì luàn shì zhī yīng xióng　zhì shì zhī jiān zéi
拨而理之，非君乎？然君实是乱世之英雄，治世之奸贼。

hèn wú lǎo yǐ　bù jiàn jūn fù guì　dāng yǐ zǐ sūn xiāng lěi
恨吾老矣，不见君富贵，当以子孙相累。"①

cáo gōng wèn péi qián　yuē　qīng xī yǔ liú bèi gòng zài jīng zhōu　qīng yǐ bèi cái rú
曹公问裴潜②曰："卿昔与刘备共在荆州，卿以备才如

hé　qián yuē　shǐ jū zhōng guó　néng luàn rén　bù néng wéi zhì　ruò chéng biān shǒu xiǎn
何？"潜曰："使居中国，能乱人，不能为治；若乘边守险，

zú wéi yī fāng zhī zhǔ
足为一方之主。"③

hé yàn dèng yáng　xià hóu xuán bìng qiú fù gǔ jiāo　ér gǔ zhōng bù xǔ　zhū
何晏、邓飏④、夏侯玄并求傅嘏交，而嘏终不许。诸

rén nǎi yīn xún càn shuō hé zhī　wèi gǔ yuē　xià hóu tài chū yī shí zhī jié shì　xū xīn
人乃因荀粲说合之，谓嘏曰："夏侯太初一时之杰士，虚心

yú zǐ　ér qīng yì huái bù kě jiāo　hé zé hǎo chéng　bù hé zé zhì xì　èr xián ruò
于子，而卿意怀不可交。合则好成，不合则致隙。二贤若

①曹公：曹操。乔玄：位至三公。拨：整顿。理：治理。累：麻烦，托付。　②裴潜：东汉末年避乱荆州依附刘表，后归曹操，官至尚书令。　③中国：指中原地区。乘：占据。　④邓飏：明帝时任尚书郎，累官颍川太守，侍中尚书，为人浮华贪贿，因依附曹爽被杀。

穆，则国之休。此蔺相如所以下廉颇也。"①傅曰："夏侯太

初志大心劳，能合虚誉，诚可谓利口覆国之人。何晏、邓

飏有为而躁，博而寡要，外好利而内无关籥，贵同恶异，多

言而妒前，多言多衅，妒前无亲。以吾观之，此三贤者，皆

败德之人尔，远之犹恐罹祸，况可亲之邪？"②后皆如其言。

晋宣武讲武于宣武场，帝欲偃武修文，亲自临幸，悉

召群臣③。山公谓不宜尔，因与诸尚书言孙、吴用兵本

意，遂究论，举坐无不咨嗟，皆曰："山少傅乃天下名言。"④

后诸王骄汰，轻遘祸难⑤。于是寇盗处处蚁合，郡国多以

无备，不能制服，遂渐炽盛，皆如公言⑥。时人以谓"山涛

不学孙、吴，而暗与之理会"。王夷甫⑦亦叹云："公暗与

①因：利用，凭借。夏侯太初：夏侯玄，字太初。致隙：造成隔阂。穆：和睦。休：喜庆，美善。下：屈就，礼让。
②利口：巧言善辩。要：纲要，要点。关籥：关键。罹：遭受。 ③晋宣武：司马炎。讲武：讲习武事。宣武场：魏晋时操
场名，在洛阳。偃武修文：出自《尚书·武成》，意谓停息武备，倡导文教。临幸：莅临。 ④山公：山涛，曾为太子少傅。
孙、吴：孙子和吴起，春秋时期军事家。究论：研究论述。咨嗟：赞叹。 ⑤骄汰：骄傲放纵。遘：通"构"，造成。祸难：
指诸王争权，以致酿成八王之乱。 ⑥蚁合：像蚂蚁一样聚合，形容数量之多。郡国：指地方政府。炽盛：猛烈旺盛。
⑦王夷甫：王衍。

^{dào hé}
道合。”

^{wáng yí fǔ fù yì   wéi píng běi jiāng jūn   yǒu gōng shì   shǐ xíng rén lùn   bù dé}
王夷甫父乂，为平北将军，有公事，使行人论，不得^①。

^{shí yí fǔ zài jīng shī   mìng jià jiàn pú yè yáng hù   shàng shū shān tāo   yí fǔ shí zǒng}
时夷甫在京师，命驾见仆射羊祜、尚书山涛^②。夷甫时总

^{jiǎo   zī cái xiù yì   xù zhì jì kuài   shì jiā yǒu lǐ   tāo shèn qí zhī   jì tuì   kàn}
角，姿才秀异，叙致既快，事加有理，涛甚奇之^③。既退，看

^{zhī bù chuò   nǎi tàn yuē   shēng ér bù dāng rú wáng yí fǔ yé   yáng hù yuē   luàn tiān}
之不辍，乃叹曰：“生儿不当如王夷甫邪？”羊祜曰：“乱天

^{xià zhě   bì cǐ zǐ yě}
下者，必此子也。”

^{shí lè   bù zhī shū   shǐ rén dú   hàn shū   wén lì yì jī quàn lì liù guó}
石勒^④不知书，使人读《汉书》。闻郦食其劝立六国

^{hòu   kè yìn jiāng shòu zhī   dà jīng yuē   cǐ fǎ dāng shī   yún hé dé suì yǒu tiān xià}
后^⑤，刻印将授之，大惊曰：“此法当失，云何得遂有天下？”

^{zhì liú hóu   jiàn   nǎi yuē   lài yǒu cǐ ěr}
至留侯^⑥谏，乃曰：“赖有此耳！”

^{wèi jiè nián wǔ suì   shén jīn   kě ài   zǔ tài bǎo yuē   cǐ ér yǒu yì   gù}
卫玠年五岁，神衿^⑦可爱。祖太保^⑧曰：“此儿有异，顾

^{wǒ lǎo   bù jiàn qí dà ěr}
我老，不见其大耳！”

^{zhāng jì yīng bì   qí wáng dōng cáo yuàn   zài luò   jiàn qiū fēng qǐ   yīn sī wú zhōng}
张季鹰辟齐王东曹掾，在洛，见秋风起，因思吴中

①行人：使者。论：通报。　②命驾：吩咐人驾车，指出发。羊祜：字叔子，以尚书左仆射都督荆州诸军事，出镇襄阳。为政清廉，受人爱戴。　③总角：古代儿童束发成髻，其状如角，后用以指童年。叙致：陈说事情。　④石勒：字世龙，羯族，十六国时后赵的建立者。　⑤郦食其：刘邦谋士。劝立六国后：指郦食其劝刘邦扶持以前被秦国所灭的六国国君的后裔。　⑥留侯：张良，因功封留侯。　⑦神衿：神情气度。衿，胸怀。　⑧祖：祖父。太保：卫瓘，曾为太保。

菰菜羹、鲈鱼脍，曰："人生贵得适意尔，何能羁宦数千里以要名爵？"①遂命驾便归。俄而齐王败，时人皆谓为见机②。

武昌孟嘉作庾太尉州从事，已知名③。褚太傅有知人鉴，罢豫章，还过武昌，问庾曰："闻孟从事佳，今在此不？"④庾云："试自求之。"褚眄睐⑤良久，指嘉曰："此君小异，得无是乎？"庾大笑曰："然。"于时既叹褚之默识⑥，又欣嘉之见赏。

王仲祖、谢仁祖、刘真长俱至丹阳墓所省殷扬州，殊有确然之志⑦。既反，王、谢相谓曰："渊源不起，当如苍生何？"⑧深为忧叹。刘曰："卿诸人真忧渊源不起邪？"

---

①张季鹰：张翰，字季鹰，吴郡吴县（今江苏苏州）人，为人放达不羁，被称为"江东步兵"。辟：征召。齐王：司马冏。东曹掾：东署的属官。菰菜：茭白。鲈鱼脍：鲈鱼片。羁宦：在异地为官。要：求取。②见机：指事先洞察事务的动态。③武昌：郡名，治所在今湖北武昌。孟嘉：陶渊明外祖父，少有文采，以清操知名。庾太尉：庾亮。州从事：指江州庐陵从事。④褚太傅：褚裒(pǒu)，字季野，死后赠太傅。鉴：照察审辨的能力。罢豫章：免去豫章太守。不：同"否"。⑤眄睐：斜视，此指目光移动。⑥默识：暗自领悟。⑦王仲祖：王濛。谢仁祖：谢尚。刘真长：刘惔。墓：墓地。省：访问。殷扬州：殷浩，字渊源，曾为扬州刺史，出仕前曾在丹阳家族墓地附近隐居近十年。确然之志：坚定不移的隐居之志。⑧反：通"返"。如苍生何：把百姓怎么样呢？

78

xiè gōng zài dōng shān xù jì jiǎn wén yuē   ān shí bì chū jì yǔ rén tóng lè
谢公在东山畜妓，简文曰："安石必出，既与人同乐，

yì bù dé bù yǔ rén tóng yōu
亦不得不与人同忧。"①

xī chāo yǔ xiè xuán bù shàn   fú jiān jiāng wèn jìn dǐng jì yǐ láng shì liáng qí
郗超与谢玄不善。符坚将问晋鼎，既已狼噬梁、岐，

yòu hǔ shì huái yīn yǐ   yú shí cháo yì qiǎn xuán běi tǎo rén jiān pō yǒu yì tóng zhī
又虎视淮阴矣②。于时朝议遣玄北讨，人间颇有异同之

lùn wéi chāo yuē   shì bì jì shì   wú xī cháng yǔ gòng zài huán xuān wǔ fǔ jiàn shǐ
论。唯超曰："是必济事。吾昔尝与共在桓宣武府，见使

cái jiē jìn suī lǚ jī zhī jiān yì dé qí rèn   yǐ cǐ tuī zhī róng bì néng lì
才皆尽，虽履屐之间，亦得其任。以此推之，容必能立

xūn   yuán gōng jì jǔ shí rén xián tàn chāo zhī xiān jué yòu zhòng qí bù yǐ ài zēng
勋。"③元功既举，时人咸叹超之先觉，又重其不以爱憎

nì shàn
匿善④。

hán kāng bó yǔ xiè xuán yì wú shēn hǎo xuán běi zhēng hòu xiàng yì yí qí bù
韩康伯⑤与谢玄亦无深好。玄北征后，巷议疑其不

zhèn   kāng bó yuē   cǐ rén hào míng bì néng zhàn xuán wén zhī shèn fèn cháng yú
振⑥。康伯曰："此人好名，必能战。"玄闻之，甚忿，常于

zhòng zhōng lì sè yuē   zhàng fū tí qiān bīng rù sǐ dì yǐ shì jūn qīn gù fā bù dé
众中厉色曰："丈夫提千兵入死地，以事君亲故发，不得

fù yún wèi míng
复云为名！"⑦

①畜：养育。妓：古代贵族家中主要从事歌舞、音乐表演的侍女。简文：司马昱。②问晋鼎：谋取东晋天下，古代以问鼎代指占有国家之意。狼噬：像狼一样吞噬。梁：指今四川、陕西一带。岐：指今陕西一带。淮阴：泛指淮河以南地区。③济：成功。履屐：比喻小事。履，鞋。屐，底有齿的木鞋。④元功：大功，指谢玄在淝水之战击退苻坚立下大功。举：实行，实现。先觉：预见。⑤韩康伯：韩伯。⑥北征：指谢玄带兵北上抵御前秦苻坚的进攻。不振：不能奋力作战。⑦常：通"尝"，曾经。提：带领。君亲：指君王。

世说新语诵读本

赏 誉

陈仲举尝叹曰："若周子居者，真治国之器。譬诸宝剑，则世之干将。"①

世目李元礼："谡谡如劲松下风。"②

谢子微见许子将兄弟，曰："平舆之渊，有二龙焉。"③

见许子政弱冠之时，叹曰："若许子政者，有干国之器。正色忠謇，则陈仲举之匹；伐恶退不肖，范孟博之风。"④

裴令公目夏侯太初："肃肃如入廊庙中，不修敬而人自敬。"⑤一曰："如入宗庙，琅琅但见礼乐器。"⑥"见钟士

---

①陈仲举：陈蕃。周子居：周乘。器：才干。干将：相传为春秋时吴人干将与其妻莫邪所铸的宝剑，阳为干将，阴为莫邪。 ②目：品题，品评。李元礼：李膺。谡谡：同"肃肃"，形容风声。劲：坚强，刚强。 ③谢子微：谢甄，字子微。许子将：许劭，字子将，许虔之弟，能品评鉴识人才。平舆：县名，东汉时为汝南郡治。 ④许子政：许虔，字子政。干：辅佐。正色：脸色庄重。忠謇：忠直。伐恶：打击恶人。退不肖：贬退不良之人。范孟博：范滂，字孟博，举孝廉，为清诏使，力图澄清吏治，不法官吏望风而逃，后死于党锢之祸。 ⑤裴令公：裴楷，曾任中书令。夏侯太初：夏侯玄。肃肃：恭敬的样子。廊庙：朝堂。 ⑥宗庙：古代帝王、诸侯祭祀祖宗的庙宇。琅琅：形容玉石的光彩。礼乐器：礼器和乐器，宗庙中祭祀行礼时所用的器物。

季，如观武库，但睹矛戟。见傅兰硕，汪廧靡所不有。见山巨源，如登山临下，幽然深远。"①

羊公还洛，郭奕为野王令②。羊至界，遣人要③之，郭便自往。既见，叹曰："羊叔子何必减郭太业！"复往羊许，小悉还，又叹曰："羊叔子去人远矣！"④羊既去，郭送之弥日，一举数百里，遂以出境免官⑤。复叹曰："羊叔子何必减颜子⑥！"

王戎目山巨源："如璞玉浑金，人皆钦其宝，莫知名其器。"⑦

山公举阮咸为吏部郎，目曰："清真寡欲，万物不能移也。"⑧

庾子嵩目和峤："森森如千丈松，虽磊砢有节目，施之

①钟士季：钟会。傅兰硕：傅嘏。汪廧：深厚广博的样子。靡：没有。山巨源：山涛。②羊公：羊祜，字叔子。郭奕：字太业。野王：河内郡治所，在今河南沁阳。③要：迎候。④小悉：少顷，不多久。去：距离。⑤弥：久，多。出境免官：古代地方官不得无端越出自己所辖地界。⑥颜子：颜回，孔子弟子。⑦璞玉浑金：未经雕琢的玉和未经冶炼的金，比喻人的质性纯美。钦：看重。名：称呼。器：才识度量。⑧阮咸：字仲容，阮籍兄子，纵酒任情，不拘礼俗。清真：纯真。

世说新语诵读本

81

dà shà　yǒu dòng liáng zhī yòng

大厦，有栋梁之用。"①

wáng róng yún　　tài wèi shén zī gāo chè　rú yáo lín qióng shù　zì rán shì fēng chén

王戎云："太尉神姿高彻，如瑶林琼树，自然是风尘

wài wù

外物。"②

zhāng huá jiàn chǔ táo　yù lù píng yuán yuē　　jūn xiōng dì lóng yuè yún jīn　gù yàn

张华见褚陶，语陆平原曰："君兄弟龙跃云津，顾彦

xiān fèng míng zhāo yáng　　wèi dōng nán zhī bǎo yǐ jìn　bù yì fù jiàn chǔ shēng　　lù

先凤鸣朝阳。谓东南之宝已尽，不意复见褚生。"③陆

yuē　　gōng wèi dǔ bù míng bù yuè zhě ěr

曰："公未睹不鸣不跃者耳！"

yǒu wèn xiù cái　　wú jiù xìng hé rú　　dá yuē　　wú fǔ jūn　shèng wáng zhī lǎo

有问秀才："吴旧姓何如？"④答曰："吴府君，圣王之老

chéng　míng shí zhī jùn yì　　zhū yǒng cháng　lǐ wù zhī zhì dé　qīng xuǎn zhī gāo wàng

成，明时之俊义⑤。朱永长，理物之至德，清选之高望⑥。

yán zhòng bì　jiǔ gāo zhī míng hè　kōng gǔ zhī bái jū　　gù yàn xiān　bā yīn zhī qín

严仲弼，九皋之鸣鹤，空谷之白驹⑦。顾彦先，八音之琴

sè　wǔ sè zhī lóng zhāng　　zhāng wēi bó　　suì hán zhī mào sōng　yōu yè zhī yì guāng

瑟，五色之龙章⑧。张威伯⑨，岁寒之茂松，幽夜之逸光。

lù shì héng　shì lóng　hóng hú zhī pái huái xuán gǔ zhī dài chuí　　fán cǐ zhū jūn　yǐ

陆士衡、士龙，鸿鹄之裴回，悬鼓之待槌⑩。凡此诸君：以

---

①庚子嵩：庚敳。磊砢：树木多节的样子。节目：树木枝干交接处的坚硬而纹理纠结不顺部分。　②太尉：王衍。高彻：高迈爽朗。瑶林琼树：比喻人的品格如美玉般高洁。瑶、琼均为美玉。　③陆平原：陆机，仕晋为平原内史。云津：云间，暗喻陆机的家乡华亭，古称云间。顾彦先：顾荣，字彦先。吴亡，与陆机、陆云兄弟同到洛阳，号为"三俊"。　④秀才：才能优秀之士，此指蔡洪。吴：此指吴郡。旧姓：旧族，历史悠久的名门望族。　⑤吴府君：吴展，仕吴为广州刺史、吴郡太守。老成：指年高有德者。俊义：才德特出的人。　⑥朱永长：朱诞，字永长。举贤良，累迁至议郎。理物：治理百姓。清选：清议选举。高望：众望所归。　⑦严仲弼：严隐，字仲弼，仕吴为宛陵令。九皋：曲折深远的沼泽。《诗经·小雅·鹤鸣》："鹤鸣于九皋，声闻于天。"后用作称颂贤人、隐士。　⑧顾彦先：顾荣。八音：乐器的统称。龙章：龙形花纹。　⑨张威伯：张畅，字威伯，志趣高洁。　⑩士龙：陆云。鸿鹄：天鹅。裴回：同"徘徊"。槌：捶击的器具。

洪笔为钼耒，以纸札为良田①。以玄默为稼穑，以义理为

丰年②。以谈论为英华，以忠恕为珍宝。著文章为锦绣，

蕴五经为缯帛③。坐谦虚为席荐④，张义让为帷幕。行仁

义为室宇，修道德为广宅。"

人问王夷甫："山巨源义理何如？是谁辈？"王曰：

"此人初不肯以谈自居，然不读《老》、《庄》，时闻其咏，往

往与其旨合。"⑤

卫伯玉为尚书令，见乐广与中朝名士谈议，奇之

曰："自昔诸人没已来，常恐微言将绝。今乃复闻斯言于

君矣！"⑥命子弟造之，曰："此人，人之水镜也，见之若披云

雾睹青天。"⑦

王太尉曰："见裴令公精明朗然，笼盖人上，非凡识

---

①洪笔：大笔。钼：同"锄"。耒：木制的翻土农具。 ②玄默：沉默寡言。稼穑：播种和收获，泛指农业劳动。
③缯帛：丝绸。 ④席荐：席子，坐垫。 ⑤初：全，都。咏：吟咏，讽诵。 ⑥卫伯玉：卫瓘（guàn），字伯玉。尚书令：尚书
省长官，负责政令。中朝：晋代南渡之后，称西晋为中朝。微言：精深微妙的言辞。 ⑦造：拜访。披：分开。

世说新语诵读本

也。若死而可作，当与之同归。"①或云王戎语。

王平子目太尉："阿兄形似道②，而神锋太俊。"太尉答曰："诚不如卿落落穆穆③。"

林下诸贤，各有俊才子：籍子浑，器量弘旷；康子绍，清远雅正；涛子简，疏通高素；咸子瞻，虚夷有远志，瞻弟孚，爽朗多所遗；秀子纯、悌，并令淑有清流；戎子万子，有大成之风，苗而不秀；唯伶子无闻④。凡此诸子，唯瞻为冠，绍、简亦见重当世。

太傅东海王镇许昌，以王安期为记事参军，雅相知重⑤。敕世子毗曰："夫学之所益者浅，体之所安者深。闲习礼度，不如式瞻仪形；讽味遗言，不如亲承音旨。王参

①精明：精细明察。朗然：爽朗的样子。笼盖：高出其上。死而可作：语出《礼记·檀弓下》。作，起来。归：同归属，做朋友。②道：指有道之人。③落落穆穆：疏淡平和。④林下诸贤：指竹林七贤。籍：阮籍。浑：阮浑。弘旷：宽广豁达。康：嵇康。涛：山涛。疏通：放达通脱。高素：高雅淳朴。咸：阮咸。虚夷：谦虚平易。爽朗：直爽开朗。遗：指遗弃世务。秀：向秀。令淑：美好善良。清流：比喻高洁的德行。戎：王戎。大成：指学问事业有大成就。苗而不秀：比喻才能尚未发挥而早逝，王戎子王绥年十九岁卒。伶：刘伶。⑤太傅东海王：司马越。晋惠帝永兴三年(306)为太傅，怀帝永嘉元年(307)，出镇许昌，自任丞相，永嘉五年(311)，石勒破许昌，司马越病死军中。王安期：王承。记事参军：王府或将军府掌管文书的幕僚。

军人伦之表,汝其师之。"①或曰:"王、赵、邓三参军,人伦

之表,汝其师之。"谓安期、邓伯道、赵穆也。袁宏作《名士

传》,直云王参军②。或云:"赵家先犹有此本。"

蔡司徒在洛,见陆机兄弟在参佐廨中,三间瓦屋,士

龙住东头,士衡住西头③。士龙为人文弱可爱,士衡长七

尺余,声作钟声,言多慷慨。

王敦为大将军,镇豫章,卫玠避乱,从洛投敦,相见

欣然,谈话弥日④。于时谢鲲为长史,敦谓鲲曰:"不意永

嘉之中,复闻正始之音。阿平若在,当复绝倒。"⑤

王蓝田为人晚成⑥,时人乃谓之痴。王丞相以其

东海子,辟为掾⑦。常集聚,王公每发言,众人竞赞之。

①敕:告诫。世子:太子,被指定为帝位或王位继承人。毗:司马越之子。体:体验。安:感到满意、合适。闲习:熟悉。式瞻:瞻仰。式,敬辞。人伦之表:为人的表率。②《名士传》:全名为《竹林名士传》,分"正始"、"竹林"、"中朝"三卷。直:只,只是。③蔡司徒:蔡谟,字道明,官至司徒。参佐:僚属,部下。廨:官署。④卫玠避乱:卫玠于永嘉六年(312)五月抵达豫章,同年病死。弥日:整天。⑤阿平:王澄,字平子。绝倒:身体倾倒,难以支持,形容钦佩到极点。⑥晚成:成就、成名较晚。⑦东海:指王承,曾任东海太守。辟:征召,招聘。掾:属官。

述于末坐曰："主①非尧、舜，何得事事皆是？"丞相甚相叹赏。

庾公为护军，属桓廷尉觅一佳吏，乃经年②。桓后遇见徐宁而知之，遂致于庾公曰："人所应有，其不必有；人所应无，己不必无。真海岱清士。"③

王右军语刘尹："故当共推安石。"④刘尹曰："若安石东山志⑤立，当与天下共推之。"

桓大司马病，谢公往省病，从东门入。桓公遥望，叹曰："吾门中久不见如此人。"

孙兴公为庾公参军，共游白石山，卫君长在坐⑥。孙曰："此子神情都不关⑦山水，而能作文。"庾公曰："卫风韵虽不及卿诸人，倾倒处亦不近。"⑧孙遂沐浴⑨此言。

---

①主：主人，对长官的尊称。　②护军：护军将军。属：嘱托。桓廷尉：桓彝，字茂伦，参与讨伐王敦有功，封万寿县侯。后苏峻作乱，城陷而死。　③徐宁：东海郯（tán）（今山东郯城北）人。知：赏识。致：转达意旨。海岱：指东海与泰山之间。　④王右军：王羲之。刘尹：刘惔。安石：谢安。　⑤东山志：指在上虞东山隐居的志趣。　⑥卫君长：卫永，字君长，曾为温峤长史，谢安视为义理中人。　⑦关：关心注意。　⑧倾倒：倾心，倾注心思。近：浅近。　⑨沐浴：此指沉浸其中，领会其意。

赏誉

世说新语诵读本

谢太傅道安北^①："见之乃不使人厌，然出户去，不复使人思。"

吴四姓旧目云："张文，朱武，陆忠，顾厚。"^②

许掾尝诣简文，尔夜风恬月朗，乃共作曲室中语^③。襟情之咏，偏是许之所长，辞寄清婉，有逾平日^④。简文虽契素，此遇尤相咨嗟，不觉造膝，共叉手语，达于将旦^⑤。既而曰："玄度才情，故未易多有许。"^⑥

张天锡世雄凉州，以力弱诣京师，虽远方殊类，亦边人之桀也^⑦。闻皇京^⑧多才，钦美弥至。犹在渚住，司马著作^⑨往诣之。言容鄙陋，无可观听。天锡心甚悔来，以遐外^⑩可以自固。王弥^⑪有俊才美誉，当时闻而造焉。既

①安北：王坦之，死后赠安北将军。　②张：张昭之族。朱：朱然、朱桓之族。陆：陆逊之族。顾：顾雍之族。③许掾：许询，字玄度。尔夜：当天晚上。曲室：密室，私室。　④襟情之咏：抒发情怀的吟咏。辞寄：言辞兴寄。⑤契素：意趣投合。造膝：促膝，形容亲近。叉手：两手相握。　⑥故：确实。许：这样，这般。　⑦雄：称雄。殊类：异族，张天锡世代为汉族，因身处凉州，因此被时人视为异族。桀：通"杰"，才能出众。　⑧皇京：京都，指建康。　⑨司马著作：未详，当为姓司马的官居著作之人。　⑩遐外：边远之地。　⑪王弥：王珉(mín)，小字僧弥，王导孙。历官著作、国子博士，侍中，中书令。

至，天锡见其风神清令^①，言话如流，陈说古今，无不贯悉。

又谙人物氏族中来，皆有证据，天锡讶服^②。

殷仲堪丧后，桓玄问仲文："卿家仲堪，定是何似人？"仲文曰："虽不能休明一世，足以映彻九泉。"^③

①清令：清雅美好。 ②谙：熟记。人物氏族：指名士及其家族。中来：当作"中表"，指亲属关系。讶服：惊讶佩服。 ③休明：美好清明。九泉：黄泉。

品 藻

汝南陈仲举,颍川李元礼,二人共论其功德,不能定先后[1]。蔡伯喈[2]评之曰:"陈仲举强于犯上,李元礼严于摄下,犯上难,摄下易。"仲举遂在"三君"之下,元礼居"八俊"之上[3]。

庞士元至吴,吴人并友之。见陆绩、顾劭、全琮,而为之目曰:"陆子所谓驽马有逸足之用,顾子所谓驽牛可以负重致远。"或问:"如所目,陆为胜邪?"曰:"驽马虽精速,能致一人耳。驽牛一日行百里,所致岂一人哉?"吴人无以难。"全子好声名,似汝南樊子昭。"

---

①陈仲举:陈蕃。李元礼:李膺。二人:疑当为"士人"。 ②蔡伯喈:蔡邕,字伯喈,博学多才,擅文辞,精音律,工书法。历任郎中、中郎将,后因同情董卓下狱而死。 ③三君:东汉末年窦武、刘淑、陈蕃称"三君"。君,一世之宗。八俊:汉末李膺、荀翌、杜密、王畅、刘祐、魏朗、赵典、朱寓等人称"八俊"。俊,人之英杰。

gù shào chǎng yǔ páng shì yuán sù yǔ　　wèn yuē　　wén zǐ míng zhī rén　wú yǔ zú
顾劭 尝与庞士元宿语,问曰:"闻子名知人,吾与足

xià shú yù　　yuē　táo yě shì sú　yǔ shí fú chén　wú bù rú zǐ　lùn wáng bà zhī
下孰愈?"①曰:"陶冶世俗,与时浮沉,吾不如子;论王霸之

yú cè　lǎn yǐ zhàng zhī yào hài　wú sì yǒu yī rì zhī cháng　　shào yì ān　qí yán
余策,览倚仗之要害,吾似有一日之长。"②劭亦安③其言。

zhū gě jǐn dì liàng　jí cóng　dì dàn　bìng yǒu shèng míng　gè zài yī guó　　yú
诸葛瑾弟亮,及从④弟诞,并有盛 名,各在一国。于

shí yǐ wéi　shǔ dé qí lóng　wú dé qí hǔ　wèi dé qí gǒu　　dàn zài wèi　yǔ xià hóu
时以为"蜀得其龙,吴得其虎,魏得其狗"。诞在魏,与夏侯

xuán qí míng　jǐn zài wú　wú cháo fú qí hóng liàng
玄齐名;瑾在吴,吴朝服其弘 量⑤。

sī mǎ wén wáng wèn wǔ gāi　　chén xuán bó hé rú qí fù sī kōng　　gāi yuē
司马文王问武陔:"陈玄伯何如其父司空?"⑥陔曰:

tōng yǎ bó chàng　néng yǐ tiān xià shēng jiào wéi jǐ rèn zhě　bù rú yě　míng liàn jiǎn zhì
"通雅博畅,能以天下声 教为己任者,不如也;明练简至,

lì gōng lì shì　guò zhī
立功立事,过之。"⑦

míng dì　wèn xiè kūn　　jūn zì wèi hé rú yǔ liàng　　dá yuē　duān wěi miào
明帝⑧问谢鲲:"君自谓何如庾亮?"答曰:"端委庙

táng　shǐ bǎi liáo zhǔn zé　chén bù rú liàng　yī qiū yī hè　zì wèi guò zhī
堂,使百僚准则,臣不如亮;一丘一壑,自谓过之。"⑨

---

①庞士元:庞统。知人:善于识别人。愈:强,优胜。②陶冶:烧制陶器和冶炼金属,引申为化育、熏陶。王霸:
王业与霸业。儒家谓施行仁政治理天下为王,凭借武力征服四方为霸。余策:先人遗留下来的策略。③安:满意。
④从弟:族弟,堂弟。⑤弘量:宏大的气度。⑥司马文王:司马昭。武陔:字元夏,年少知名,有识人之鉴。陈玄伯:
陈泰,字玄伯。司空:陈群,魏司空。⑦通雅博畅:通达雅正,渊博畅洽,谓学问博大。声教:声威教化。明练简至:明
达熟练,处事简要,练达世务。⑧明帝:司马绍。⑨端委:端正宽舒的朝服,这里指整饬朝服。一丘一壑:此指放情
山水,隐居不仕。

míng dì wèn zhōu bó rén　　　qīng zì wèi hé rú yǔ yuán guī　　　　duì yuē　　xiāo tiáo
明帝问周伯仁："卿自谓何如庾元规?"①对曰："萧条

fāng wài　liàng bù rú chén　cóng róng láng miào　chén bù rú liàng
方外,亮不如臣;从容廊庙,臣不如亮。"

wáng chéng xiàng bì wáng lán tián wéi yuàn　　yǔ gōng wèn chéng xiàng　　lán tián hé
王丞相辟王蓝田为掾,庾公问丞相："蓝田何

sì　　　wáng yuē　　zhēn dú jiǎn guì　bù jiǎn fù zǔ　rán kuàng dàn chù　gù dāng bù
似?"②王曰："真独简贵,不减父祖;然旷澹处,故当不

rú ěr
如尔。"③

biàn wàng zhī yún　　xī gōng tǐ zhōng yǒu sān fǎn　fāng yú shì shàng　hào xià nìng
卞望之云："郗公体中有三反,方于事上,好下佞

jǐ　yī fǎn　zhì shēn qīng zhēn　dà xiū jì jiào　èr fǎn　zì hào dú shū zēng rén xué
己,一反;治身清贞,大修计校,二反;自好读书,憎人学

wèn　sān fǎn
问,三反。"④

shì lùn wēn tài zhēn　shì guò jiāng dì èr liú zhī gāo zhě　　shí míng bèi gòng shuō rén
世论温太真⑤是过江第二流之高者。时名辈共说人

wù　dì yī jiāng jìn zhī jiān　wēn cháng shī sè
物,第一将尽之间,温常失色。

shí rén dào ruǎn sī kuàng　　gǔ qì bù jí yòu jūn　jiǎn xiù bù rú zhēn cháng sháo
时人道阮思旷："骨气不及右军,简秀不如真长,韶

rùn bù rú zhòng zǔ　sī zhì bù rú yuān yuán　ér jiān yǒu zhū rén zhī měi
润不如仲祖,思致不如渊源,而兼有诸人之美。"⑥

———————————

①周伯仁:周颛。庾元规:庾亮。 ②辟:征召。王蓝田:王述。掾:属官。 ③真独:自然坦率,不同凡俗。简贵:
简素尊贵。旷澹:心胸开朗,性情淡泊。 ④卞望之:卞壸(kūn)。郗公:郗鉴。体中:胸中,心中。反:矛盾。方:方
正。佞:谄媚。治身:修身。清贞:清正。修:讲究。计校:算计,指在财物利益上计算比较。 ⑤温太真:温峤。
⑥阮思旷:阮裕。骨气:风骨气度。右军:王羲之。简秀:简素秀出。真长:刘惔。韶润:美好温润。仲祖:王濛。思
致:思想情趣。渊源:殷浩。

简文云："何平叔巧累于理，嵇叔夜俊伤其道。"①

桓公少与殷侯齐名，常有竞心②。桓问殷："卿何如我？"殷云："我与我周旋③久，宁作我。"

抚军问孙兴公："刘真长何如？"曰："清蔚简令。"④

"王仲祖何如？"曰："温润恬和⑤。""桓温何如？"曰："高爽迈出。"⑥"谢仁祖何如？"曰："清易令达。"⑦"阮思旷何如？"曰："弘润通长。"⑧"袁羊何如？"曰："洮洮清便。"⑨

"殷洪远何如？"曰："远有致思。"⑩"卿自谓何如？"曰："下官才能所经，悉不如诸贤；至于斟酌时宜，笼罩当世，亦多所不及。然以不才，时复托怀玄胜，远咏《老》、《庄》，萧条高寄，不与时务经怀，自谓此心无所与让也。"⑪

---

①何平叔：何晏。巧累：牵累。嵇叔夜：嵇康。俊：才智特出。　②桓公：桓温。殷侯：殷浩。竞心：争胜之心。③周旋：交往，引申为商量。　④抚军：司马昱。清蔚简令：辞藻清纯丰蔚，简素美好。　⑤温润恬和：风度温和柔顺，恬静平和。　⑥高爽迈出：性格高傲爽直，豪迈出众。　⑦谢仁祖：谢尚。清易令达：为人清明平易，美好通达。　⑧阮思旷：阮裕。弘润通长：宽广平和，淹通渊博。　⑨袁羊：袁乔，小字羊，历官尚书郎，江夏相，封湘西伯。洮洮清便：滔滔畅达，清雅简易。　⑩殷洪远：殷融，字洪远，能清言，有文才。远有致思：思想高远，颇有情趣。　⑪时宜：指当事政务。玄胜：玄理。胜，美妙的境界。萧条：清寂自得。高寄：寄托高远，超脱世俗。

世说新语诵读本

桓大司马下都，问真长曰："闻会稽王语奇进，尔邪？"①刘曰："极进，然故是第二流中人耳。"桓曰："第一流复是谁？"刘曰："正是我辈耳！"

谢公与时贤共赏说，遏、胡儿并在坐，公问李弘度曰："卿家平阳何如乐令？"②于是李潸然流涕曰："赵王篡逆，乐令亲授玺绶。亡伯雅正，耻处乱朝，遂至仰药，恐难以相比！此自显于事实，非私亲之言。"③谢公语胡儿曰："有识者果不异人意。"

有人问谢安石④、王坦之优劣于桓公。桓公停欲言，中悔，曰："卿喜传人语，不能复语卿。"

支道林问孙兴公："君何如许掾？"孙曰："高情远致，弟子蚤已服膺；一吟一咏，许将北面。"⑤

---

①桓大司马：桓温。下都：自驻地东下到京城。会稽王：司马昱。 ②赏说：指评论人物。遏：谢玄。胡儿：谢朗。李弘度：李充，字弘度，为大著作郎，整理秘阁典籍，分经史子集四部，官至中书侍郎。平阳：李重，曾任平阳太守，为官清正，安贫若素。乐令：乐广。 ③赵王：司马伦。玺绶：帝王所用之印。仰药：服毒。 ④谢安石：谢安。 ⑤蚤：通"早"。服膺：心悦诚服。北面：面向北，指向人称臣，引申为折服于人。

品藻

世说新语诵读本

孙兴公、许玄度皆一时名流。或重许高情，则鄙孙秽行；或爱孙才藻，而无取于许①。

庾道季云："廉颇、蔺相如虽千载上死人，懔懔恒如有生气。曹蜍、李志虽见在，厌厌如九泉下人。人皆如此，便可结绳而治，但恐狐狸猫貉啖尽。"②

王黄门兄弟三人俱诣谢公，子猷、子重多说俗事，子敬寒温而已③。既出，坐客问谢公："向三贤孰愈？"④谢公曰："小者最胜。"客曰："何以知之？"谢公曰："'吉人之辞寡，躁人之辞多。'推此知之。"⑤

有人问袁侍中曰："殷仲堪何如韩康伯？"⑥答曰："理义所得，优劣乃复未辨；然门庭萧寂，居然有名士风流，殷

①高情：高雅的情致。秽行：污秽的行为。　②庾道季：庾龢(hé)，字道季，庾亮少子。懔懔：严正而令人敬畏的样子。曹蜍、李志：二人皆才智无闻。见在：现在还活着。厌厌：萎靡不振的样子。结绳而治：文字产生之前的记事之法，以不同形状和数量的绳结标志不同的事。猫：猪獾。貉：同"狢"，一种似狸的野兽。啖：吃。　③王黄门：王徽之，字子猷，王羲之第五子，仕至黄门侍郎。子重：王操之，王羲之第六子。子敬：王献之，王羲之第七子。　④向：刚才。愈：强，优胜。　⑤吉人之辞寡，躁人之辞多：出自《周易·系辞下》，意谓吉美的人言辞少而精粹，躁进的人言辞多而无杂。　⑥袁侍中：袁恪之，为侍中。韩康伯：韩伯。

bù jí hán　　gù yīn zuò lěi yún　　jīng mén zhòu yǎn　xián tíng yàn rán
不及韩。"故殷作诔云:"荆门昼掩,闲庭晏然。"①

huán xuán wéi tài fù　　dà huì　　cháo chén bì jí　　zuò cái jìng　wèn wáng zhēn zhī yuē
桓玄为太傅,大会,朝臣毕集,坐裁竟,问王桢之曰:

wǒ hé rú qīng dì qī shū　　　　yú shí bīn kè wèi zhī yàn qì　　　　wáng xú xú dá yuē
"我何如卿第七叔?"②于时宾客为之咽气③。王徐徐答曰:

wáng shū shì yī shí zhī biāo　　gōng shì qiān zǎi zhī yīng　　　yī zuò huān rán
"亡叔是一时之标④,公是千载之英。"一坐欢然。

①诔:叙述死者生平品德以示哀悼的文字。此处指哀悼韩伯的诔文。荆门:用荆条编的门户,犹言柴门。晏然:安然平静的样子。　②太傅:当为"太尉",安帝元兴元年(402),桓玄领兵攻入建康,自署太尉。裁:通"才",刚刚。王桢之:字公干,王徽之子。第七叔:指王献之。桓玄亦擅长书法,因此有意跟王献之比较。　③咽气:屏气。　④标:标准,楷模。

规箴

汉武帝乳母尝于外犯事，帝欲申宪，乳母求救东方朔①。朔曰："此非唇舌所争，尔必望济②者，将去时，但当屡顾帝，慎勿言！此或可万一冀耳。"乳母既至，朔亦侍侧，因谓曰："汝痴耳！帝岂复忆汝乳哺时恩邪？"帝虽才雄心忍，亦深有情恋，乃凄然愍之，即敕免罪③。

京房与汉元帝共论，因问帝："幽、厉之君何以亡？所任何人？"④答曰："其任人不忠。"房曰："知不忠而任之，何邪？"曰："亡国之君各贤其臣，岂知不忠而任之？"房稽首⑤曰："将恐今之视古，亦犹后之视今也。"

---

①汉武帝：刘彻。申宪：按法惩处。申，施展。东方朔：字曼倩，武帝时为太中大夫。 ②济：成功。 ③忍：残忍。愍：哀怜。 ④京房：本姓李，元帝时立为博士。幽：指周幽王。厉：指周厉王。 ⑤稽首：古代一种最恭敬的跪拜礼，行礼时叩头至地。

chén yuán fāng zāo fù sāng　kū qì āi tòng　qū tǐ gǔ lì　　qí mǔ mǐn zhī　　qiè
陈 元 方 遭 父 丧，哭 泣 哀 恸，躯 体 骨 立。其 母 愍 之，窃

yǐ jǐn bèi méng shàng　　guō lín zōng diào ér jiàn zhī　wèi yuē　　qīng hǎi nèi zhī jùn cái
以 锦 被 蒙 上。郭 林 宗 吊 而 见 之，谓 曰："卿 海 内 之 俊 才，

sì fāng shì zé　　rú hé dāng sāng　jǐn bèi méng shàng　kǒng zǐ yuē　　yī fú jǐn yě　shí
四 方 是 则，如 何 当 丧，锦 被 蒙 上？孔 子 曰：'衣 夫 锦 也，食

fú dào yě　yú rǔ ān hū　　wú bù qǔ yě　　fèn yī　ér qù　　zì hòu bīn kè jué
夫 稻 也，于 汝 安 乎？'吾 不 取 也！"奋 衣^①而 去。自 后 宾 客 绝

bǎi suǒ rì
百 所 日。

sūn hào wèn chéng xiàng lù kǎi yuē　　qīng yī zōng^②zài cháo yǒu jǐ rén　　lù yuē
孙 皓 问 丞 相 陆 凯 曰："卿 一 宗^②在 朝 有 几 人？"陆 曰：

èr xiàng　wǔ hóu　jiāng jūn shí yú rén　　hào yuē　　shèng zāi　　lù yuē　　jūn xián chén
"二 相、五 侯、将 军 十 余 人。"皓 曰："盛 哉！"陆 曰："君 贤 臣

zhōng　guó zhī shèng yě　　fù cí zǐ xiào　jiā zhī shèng yě　　jīn zhèng huāng mín bì　　fù
忠，国 之 盛 也；父 慈 子 孝，家 之 盛 也。今 政 荒 民 弊，覆

wáng shì jù　　chén hé gǎn yán shèng
亡 是 惧，臣 何 敢 言 盛！"

hé yàn　dèng yáng lìng guǎn lù zuò guà　yún　　bù zhī wèi zhì sān gōng fǒu　　guà
何 晏、邓 飏 令 管 辂 作 卦，云："不 知 位 至 三 公 不？"^③卦

chéng　　lù chēng yǐn gǔ yì　shēn yǐ jiè zhī　　yáng yuē　　cǐ lǎo shēng zhī cháng tán　　yàn
成，辂 称 引 古 义，深 以 戒 之。飏 曰："此 老 生 之 常 谈。"晏

yuē　　zhī jǐ qí shén hū　gǔ rén yǐ wéi nán　jiāo shū tǔ chéng　jīn rén yǐ wéi nán
曰："知 几 其 神 乎，古 人 以 为 难；交 疏 吐 诚，今 人 以 为 难。

jīn jūn yī miàn　jìn èr nán zhī dào　kě wèi　míng dé wéi xīn　　shī　bù yún hū
今 君 一 面，尽 二 难 之 道，可 谓'明 德 惟 馨'。《诗》不 云 乎：

---

①奋衣：甩动衣服，表示神情激动。 ②宗：同族。 ③邓飏：累官至颍川太守，迁侍中尚书，为人浮华贪贿，因依附曹爽被杀。管辂：三国时魏术士。字公明，平原(今山东平原)人。通《周易》，善卜筮。不(第二个"不")：同"否"。

zhōng xīn cáng zhī　　hé　rì wàng zhī
'中心藏之,何日忘之!'"①

jìn wǔ dì　jì bù wù tài zǐ　zhī yú　bì yǒu chuán hòu yì　zhū míng chén yì duō
晋武帝既不悟太子②之愚,必有传后意,诸名臣亦多

xiàn zhí yán　dì cháng zài líng yún tái　shàng zuò　wèi guàn zài cè　yù shēn qí huái yīn
献直言。帝尝在陵云台③上坐,卫瓘在侧,欲申其怀,因

rú zuì　guì dì qián　yǐ shǒu fǔ chuáng yuē　cǐ zuò kě xī　dì suī wù　yīn xiào yuē
如醉,跪帝前,以手抚床曰:"此坐可惜!"帝虽悟,因笑曰:

gōng zuì yé
"公醉邪?"

yuán dì guò jiāng yóu hào jiǔ　wáng mào hóng yǔ dì yǒu jiù　cháng liú tì jiàn　dì
元帝过江犹好酒,王茂弘与帝有旧,常流涕谏,帝

xǔ zhī　mìng zhuó jiǔ yī hān　cóng shì suì duàn
许之,命酌酒一酣,从是遂断④。

xiè kūn wéi　yù zhāng tài shǒu　cóng dà jiāng jūn xià zhì shí tóu　　dūn wèi kūn yuē
谢鲲为豫章太守,从大将军下至石头⑤。敦谓鲲曰:

yú bù dé fù wéi shèng dé zhī shì　yǐ　kūn yuē　hé wéi qí rán　dàn shǐ zì jīn
"余不得复为盛德之事⑥矣!"鲲曰:"何为其然?但使自今

yǐ hòu　rì wáng rì qù⑦ ěr　dūn yòu chēng jí bù cháo kūn yù dūn yuē　jìn zhě
以后,日亡日去⑦耳。"敦又称疾不朝,鲲谕敦曰:"近者,

míng gōng zhī jǔ　suī yù dà cún shè jì　rán sì hǎi zhī nèi　shí huái wèi dá　ruò néng
明公之举,虽欲大存社稷,然四海之内,实怀未达。若能

---

①知几其神:出自《周易·系辞下》,意谓预知事物细微迹象,乃入于神妙之境。明德惟馨:出自《左传·僖公五年》,意谓光明的德行才是馨香的。中心藏之,何日忘之:出自《诗经·小雅·隰(xí)桑》,意谓心里中意于他,哪一天能忘记呢! ②太子:司马衷,性格懦弱愚蠢,近乎白痴,后来继位为晋惠帝。 ③陵云台:魏文帝曹丕所建,在今洛阳东。 ④元帝:司马睿。王茂弘:王导。一酣:指痛饮一番。 ⑤大将军:王敦。石头:石头城,故址在建康石头山后。 ⑥盛德之事:指辅佐君主建功立业之事,隐含反叛之意。 ⑦日亡日去:指日复一日,君臣之间的嫌隙会逐渐消除。亡,通"忘"。

朝天子,使群臣释然,万物之心,于是乃服。仗民望以从

众怀,尽冲退以奉主上,如斯则勋侔一匡,名垂千

载。"①时人以为名言。

　　王丞相为扬州,遣八部从事之职,顾和时为下传

还,同时俱见,诸从事各奏二千石官长得失,至和独无

言②。王问顾曰:"卿何所闻?"答曰:"明公作辅,宁使网

漏吞舟,何缘采听风闻,以为察察之政?"③丞相咨嗟称

佳,诸从事自视缺然也。

　　小庾在荆州,公朝大会,问诸僚佐曰:"我欲为汉高、

魏武,何如?"④一坐莫答。长史江虨曰:"愿明公为桓、

文之事,不愿作汉高、魏武也。"⑤

---

　　①谕:劝告。明公:尊称有官职、有地位的人。实怀:实际用意。冲退:谦虚退让。勋侔一匡:指功勋等同于管仲。侔,等同。匡,正。《论语·宪问》记载:"管仲相桓公,霸诸侯,一匡天下,民到于今受其赐。"　②为扬州:做扬州刺史。八部从事:州刺史的属官,当时扬州下辖八郡,故分遣部从事八人。下传:作为使者乘驿车巡行视察。二千石官长:指郡守。　③网漏吞舟:出自《庄子·庚桑楚》,意谓网目稀疏,能漏掉吞舟的大鱼,比喻法令宽纵。察察之政:严酷苛细的政治。　④小庾:庾翼,庾亮之弟。在荆州:镇守荆州。公朝:古代官吏在朝廷的治事治所,此指官署。汉高:汉高祖刘邦。魏武:魏武帝曹操。　⑤桓:齐桓公。文:晋文公。

世说新语诵读本

wáng yòu jūn yǔ wáng jìng rén　　xǔ xuán dù bìng shàn　　èr rén wáng hòu　　yòu jūn wéi
王右军与王敬仁、许玄度并善，二人亡后，右军为

lùn yì gèng kè　　　kǒng yán jiè zhī yuē　　míng fǔ xī yǔ wáng　xǔ zhōu xuán yǒu qíng　jí
论议更克①。孔岩诚之曰："明府昔与王、许周旋有情，及

shì mò zhī hòu　wú shèn zhōng zhī hào　mín suǒ bù qǔ　　yòu jūn shèn kuì
逝没之后，无慎终之好，民所不取。"②右军甚愧。

yuǎn gōng zài　lú shān zhōng　suī lǎo　jiǎng lùn bù chuò　　dì zǐ zhōng huò yǒu duò
远公在庐山中，虽老，讲论不辍③。弟子中或有堕

zhě　yuǎn gōng yuē　sāng yú zhī guāng　lǐ wú yuǎn zhào　dàn yuàn zhāo yáng zhī huī　yǔ shí
者，远公曰："桑榆之光，理无远照，但愿朝阳之晖，与时

bìng míng ěr　　zhí jīng dēng zuò　fēng sòng lǎng chàng　cí sè shèn kǔ　gāo zú zhī tú
并明耳。"④执经登坐，讽诵朗畅，词色甚苦，高足之徒，

jiē sù rán zēng jìng
皆肃然增敬⑤。

huán xuán yù　yǐ xiè tài fù zhái wéi yíng　xiè hùn yuē　　zhào bó zhī rén　yóu huì jí
桓玄欲以谢太傅宅为营，谢混曰："召伯之仁，犹惠及

gān táng　wén jìng zhī dé　gèng bù bǎo wǔ mǔ zhī zhái　　xuán cán ér zhǐ
甘棠；文靖之德，更不保五亩之宅？"⑥玄惭而止。

---

①王敬仁：王修。克：苛刻。　②明府：汉魏以来尊称太守、州牧为明府君，简称"明府"。慎终：语出《论语·学而》："慎终追远，民德归厚矣。"本指居父母之丧恭敬尽礼，此处泛指能尊重和正确对待逝世的友人。　③远公：东晋高僧慧远。讲论：指讲说讨论佛经。　④堕：懈怠。桑榆之光：指夕阳之光，比喻暮年。与时并明：随着时间的紧张，同时明亮起来。　⑤讽诵：诵读。苦：急切。　⑥营：军营。召伯之仁，犹惠及甘棠：相传召公南巡，曾憩息于甘棠树下，后人作《甘棠》，告诫世人因感念召公而要爱护甘棠树。文靖：谢安，死后谥文靖。

捷 悟 jié wù

yáng dé zǔ wéi wèi gōng zhǔ bù　shí zuò xiàng guó mén　shǐ gòu cuī jué　　wèi wǔ
杨德祖为魏公主簿，时作相国门，始构榱桷①。魏武

zì chū kàn　shǐ rén tí mén zuò　huó　zì biàn qù　yáng jiàn　jí lìng huài　zhī　　jì
自出看，使人题门作"活"字，便去。杨见，即令坏②之。既

jìng　yuē　　mén zhōng huó　　kuò　zì　wáng zhèng xián mén dà yě
竟，曰："'门'中'活'，'阔'字，王正嫌门大也。"

rén xiǎng wèi wǔ yī bēi lào　wèi wǔ dàn shǎo xǔ　gài tóu shàng tí　hé　zì yǐ shì
人饷魏武一杯酪，魏武啖少许，盖头上题"合"字以示

zhòng　zhòng mò néng jiě　　cì zhì yáng xiū　xiū biàn dàn　yuē　gōng jiào rén dàn yī kǒu
众，众莫能解③。次至杨修，修便啖，曰："公教人啖一口

yě　fù hé yí
也，复何疑？"

wèi wǔ cháng guò cáo é　bēi xià　yáng xiū cóng　bēi bèi shàng jiàn tí zuò　huáng
魏武尝过曹娥④碑下，杨修从。碑背上见题作"黄

juàn yòu fù　wài sūn jī jiù　bā zì　wèi wǔ wèi xiū yuē　jiě fǒu　　dá yuē
绢幼妇，外孙齑臼"八字，魏武谓修曰："解不？"⑤答曰：

jiě　wèi wǔ yuē　qīng wèi kě yán　dài wǒ sī zhī　xíng sān shí lǐ　wèi wǔ nǎi
"解。"魏武曰："卿未可言，待我思之。"行三十里，魏武乃

---

①杨德祖：杨修，字德祖，博学多闻，才思敏捷，后为曹操所杀。魏公：曹操，原封为魏公，又进爵为魏王，时任丞相，死后追尊为魏武帝。榱桷：屋椽。榱，放在屋檩上支持屋面和屋瓦的木条或竹子。桷，方的椽子。　②坏：拆毁。
③饷：馈赠。酪：用牛、羊或马的乳汁做成的半凝固食品。啖：吃。　④曹娥：东汉人，年十四，其父淹死江中，曹娥沿江号哭十七天，投江而死。后县令为之改葬立碑，表彰其孝道。　⑤解：理解。不：同"否"。

曰："吾已得。"令修别记所知。修曰："黄绢，色丝也，于字为'绝'；幼妇，少女也，于字为'妙'；外孙，女子也，于字为'好'；齑臼，受辛也，于字为'辞'；所谓'绝妙好辞'也。"① 魏武亦记之，与修同，乃叹曰："我才不及卿，乃觉②三十里。"

魏武征袁本初，治装，余有数十斛竹片，咸长数寸，众并谓不堪用，正令烧除③。太祖甚惜，思所以用之，谓可为竹椑楯，而未显其言，驰使问主簿杨德祖④。应声答之，与帝心同。众伏其辩悟⑤。

郗司空在北府⑥，桓宣武恶其居兵权。郗于事机素暗，遣笺诣桓："方欲共奖王室，修复园陵。"⑦世子嘉宾出行，于道上闻信至，急取笺视，视竟，寸寸毁裂，便回⑧。

---

①齑：切成或捣成细末的腌菜。臼：石制捣物器具。受辛：辞的异体字。 ②觉：通"较"，相差。 ③袁本初：袁绍，字本初。出身大族，累官中军校尉、司隶校尉，后拥兵自重，官渡之战，被曹操打败。治装：整理军队装备。斛：指斛形盆钵。 ④太祖：曹操的庙号。椑：匣子。楯：通"盾"，盾牌。 ⑤伏：心服。辩悟：语言流畅，思维敏捷。 ⑥北府：东晋的一个军事建制，治所初在扬州，后移京口。 ⑦事机：事里情势。暗：迟钝。笺：书信。诣：此指送给。奖：辅助。园陵：帝王的墓地。晋王室墓地在中原，意谓收复失地。 ⑧世子：太子，帝王和诸侯的嫡长子，郗愔袭爵南昌郡公，故称其长子为世子。嘉宾：郗超，时任桓温参军。信：使者。

huán gèng zuò jiān　　zì chén lǎo bìng　bù kān rén jiān　yù qǐ xián dì　zì yǎng　　xuān wǔ dé

还 更 作 笺，自 陈 老 病，不 堪 人 间，欲 乞 闲 地 自 养①。 宣 武 得

jiān dà xǐ　　jí zhào zhuǎn gōng dū wǔ jùn　kuài jī tài shǒu

笺 大 喜，即 诏 转 公 督 五 郡，会 稽 太 守②。

捷

悟

世说新语诵读本

①人间：世间。闲地：指闲散职位。　②诏：此指矫诏，利用皇帝的名义。转：调动官职。

夙慧

宾客诣陈太丘宿，太丘使元方、季方炊①。客与太丘论议，二人进火，俱委而窃听，炊忘著箄，饭落釜中②。太丘问："炊何不馏③?"元方、季方长跪曰："大人与客语，乃俱窃听，炊忘著箄，饭今成糜。"④太丘曰："尔颇有所识⑤不?"对曰："仿佛志⑥之。"二子俱说，更相易夺⑦，言无遗失。太丘曰："如此，但糜自可，何必饭也!"

何晏七岁，明惠若神，魏武奇爱之⑧。因晏在宫内，欲以为子。晏乃画地令方⑨，自处其中。人问其故，答曰："何氏之庐也。"魏武知之，即遣还。

---

①陈太丘：陈寔。元方：陈纪。季方：陈谌。炊：烧火做饭。　②委：丢开，舍弃。著：安置。箄：蒸食物的竹屉。釜：古代炊器。　③馏：把米放到水里煮开，再漉出蒸熟。　④长跪：挺直上身而跪。糜：较稠的粥。　⑤识：记住。⑥志：通"识"，记住。　⑦易夺：改正补充。　⑧惠：通"慧"，聪明。魏武：曹操。奇：极，甚。　⑨令方：使成方形。

世说新语诵读本

夙慧

晋明帝数岁，坐元帝膝上①。有人从长安来，元帝问洛下消息，潸然流涕。明帝问何以致泣，具以东渡②意告之。因问明帝："汝意谓长安③何如日远？"答曰："日远。不闻人从日边来，居然④可知。"元帝异之。明日，集群臣宴会，告以此意，更重问之。乃答曰："日近。"元帝失色，曰："尔何故异昨日之言邪？"答曰："举目见日，不见长安。"

晋孝武年十二，时冬天，昼日不著复衣，但著单练衫五六重；夜则累茵褥⑤。谢公谏曰："圣体宜令有常。陛下昼过冷，夜过热，恐非摄养之术。"⑥帝曰："昼动夜静。"谢公出，叹曰："上理不减先帝。"

凤慧

世说新语诵读本

①晋明帝：司马绍。元帝：司马睿。 ②东渡：西晋覆灭，建国江东，称为"东渡"。 ③长安：今陕西西安。 ④居然：显然。 ⑤晋孝武：司马曜，简文帝司马昱之子。著：穿。复衣：夹衣。练：绢。累：重叠。茵褥：垫褥。 ⑥有常：有规律。摄养：调理保养。

豪　爽

wáng dà jiāng jūn nián shào shí　jiù yǒu tián shè míng　yǔ yīn yì chǔ　　wǔ dì huàn
王大将军年少时，旧有田舍名，语音亦楚①。武帝唤

shí xián gòng yán jì yì shì　rén jiē duō yǒu suǒ zhī　wéi wáng dōu wú suǒ guān　yì sè shū
时贤共言伎艺事，人皆多有所知，唯王都无所关，意色殊

wù　　zì yán zhī dǎ gǔ chuī　dì lìng qǔ gǔ yǔ zhī　yú zuò zhèn xiù ér qǐ　yáng
恶②。自言知打鼓吹③，帝令取鼓与之。于坐振袖而起，扬

chuí fèn jī　yīn jié xié jié　shén qì háo shàng　páng ruò wú rén　jǔ zuò tàn qí
槌奋击，音节谐捷，神气豪上，傍若无人，举坐叹其

xióng shuǎng
雄　爽④。

wáng chǔ zhòng měi jiǔ hòu　zhé yǒng lǎo jì fú lì　zhì zài qiān lǐ　liè shì mù
王处仲每酒后，辄咏"老骥伏枥，志在千里。烈士暮

nián　zhuàng xīn bù yǐ　　　　yǐ rú yì dǎ tuò hú　hú biān jìn quē
年，壮心不已"⑤。以如意打唾壶，壶边尽缺⑥。

huán xuān wǔ píng shǔ　jí cān liáo zhì jiǔ yú lǐ shì diàn　bā shǔ jìn shēn mò bù lái
桓宣武平蜀，集参僚置酒于李势殿，巴蜀缙绅莫不来

cuì　　huán jì sù yǒu xióng qíng shuǎng qì　jiā ěr rì yīn diào yīng fā　xù gǔ jīn chéng
萃⑦。桓既素有雄情爽气，加尔日音调英发，叙古今成

---

①王大将军：王敦。田舍：犹言乡巴佬。语音亦楚：指说话带乡音。　②武帝：晋武帝司马炎。伎艺：技能才艺。
恶：不愉快，恼怒。　③鼓吹：打击乐，本为军中之乐，此处指鼓。　④槌：捶击的器具。豪上：豪爽高扬。　⑤王处仲：王
敦，字处仲。"老骥伏枥"四句：出自曹操《步出夏门行·龟虽寿》一诗。　⑥如意：器物名，用竹、玉、骨等制成，头做灵
芝或云叶状，柄微曲，供玩赏。唾壶：承唾之壶，类似现在的痰盂而略小。　⑦蜀：指成汉，十六国之一。参僚：幕僚。
李势：成汉的末代国君，桓温伐蜀，李势降。萃：汇集。

bài yóu rén　cún wáng xì cái　qí zhuàng lěi luò　yī zuò tàn shǎng　　jì sàn　zhū rén
败由人，存亡系才，其状磊落，一坐叹赏①。既散，诸人

zhuī wèi yú yán　　yú shí xún yáng zhōu fù yuē　　hèn qīng bèi bù jiàn wáng dà jiāng jūn
追味余言。于时寻阳周馥曰："恨卿辈不见王大将军。"②

chén lín dào zài xī àn　　dū xià zhū rén gòng yāo zhì niú zhǔ huì　　chén lǐ jì jiā
陈林道在西岸，都下诸人共要至牛渚会③。陈理既佳，

rén yù gòng yán zhé　chén yǐ rú yì zhǔ jiá　wàng jī lóng shān tàn yuē　　sūn bó fú zhì yè
人欲共言折，陈以如意拄颊，望鸡笼山叹曰："孙伯符志业

bù suì　　yú shì jìng zuò　bù dé tán
不遂！"④于是竟坐⑤不得谈。

wáng sī zhōu zài xiè gōng zuò　yǒng　rù bù yán xī chū bù cí　chéng huí fēng xī zài
王司州在谢公坐，咏"入不言兮出不辞，乘回风兮载

yún qí　　yù rén yún　dāng ěr shí　jué yī zuò wú rén
云旗"，语人云："当尔时，觉一坐无人。"⑥

huán xuán xī xià　rù shí tóu　wài bái sī mǎ liáng wáng bēn pàn　　xuán shí shì xíng
桓玄西下，入石头，外白司马梁王奔叛⑦。玄时事形

yǐ jì　zài píng chéng shàng jiā gǔ bìng zuò　zhí gāo yǒng yún　xiāo guǎn yǒu yí yīn　liáng
已济，在平乘上笳鼓并作，直高咏云："箫管有遗音，梁

wáng ān zài zāi
王安在哉？"⑧

---

①尔日：当日。英发：指音调激昂动听。系：关联。　②周馥：字祖宣，寻阳（今江西九江）人。王大将军：王敦。
③陈林道：陈逵，字林道，袭封广陵公，历官黄门郎、西中郎将等职。西岸：江水西岸。都下：京都。要：通"邀"，相约。
牛渚：山名，在今安徽当涂西北。山脚突入长江部分，称为采石矶。　④陈理：陈逵所谈的道理。言折：以言折服。拄：
支撑。鸡笼山：在今安徽和县北，附近是当年的战场。孙伯符：孙策，字伯符，孙坚之子，孙权之兄，平定江东，建立政
权。遂：成就。　⑤竟坐：满座。坐，通"座"。　⑥王司州：王胡之。入不言兮出不辞，乘回风兮载云旗：出自《九歌·
少司命》，意谓少司命神从来到去，一言不发，便乘风驾云而逝。　⑦白：通告。司马梁王：司马珍之，袭爵为梁王。
⑧事形：形势。济：成功。平乘：一种大船。箫管有遗音，梁王安在哉：出自阮籍《咏怀》三十一。梁王，本指春秋时魏
国的国君。

容　止

　　wèi wǔ jiāng jiàn xiōng nú shǐ　　zì yǐ xíng lòu　bù zú xióng yuǎn guó　shǐ cuī jì guī
魏武将见匈奴使，自以形陋，不足雄远国，使崔季珪

dài　dì zì zhuō dāo lì chuáng tóu　　jì bì　lìng jiàn dié wèn yuē　　wèi wáng hé rú
代，帝自捉刀立床头①。既毕，令间谍问曰："魏王何如？"

xiōng nú shǐ dá yuē　　wèi wáng yǎ wàng fēi cháng　rán chuáng tóu zhuō dāo rén　cǐ nǎi yīng
匈奴使答曰："魏王雅望非常，然床头捉刀人，此乃英

xióng yě　　　wèi wǔ wén zhī　zhuī shā cǐ shǐ
雄也。"②魏武闻之，追杀此使。

　　hé píng shū　měi zī yí　miàn zhì bái　　wèi míng dì yí qí fù fěn　zhèng xià yuè
何平叔③美姿仪，面至白。魏明帝疑其傅粉，正夏月，

yǔ rè tāng bǐng　　jì dàn　dà hàn chū　yǐ zhū yī zì shì　sè zhuǎn jiǎo rán
与热汤饼④。既啖，大汗出，以朱衣自拭，色转皎然⑤。

　　wèi míng dì shǐ hòu dì máo zēng yǔ xià hóu xuán gòng zuò　shí rén wèi　jiān jiā yǐ yù
魏明帝使后弟毛曾与夏侯玄共坐，时人谓"蒹葭倚玉

shù
树"⑥。

　　shí rén mù xià hóu tài chū　lǎng lǎng rú rì yuè zhī rù huái　lǐ ān guó　tuí táng
时人目夏侯太初"朗朗如日月之入怀"，李安国"颓唐

---

　　①魏武：曹操。雄：称雄。崔季珪：崔琰，字季珪，美姿容，有威仪。　②雅：雅正高尚。望：仪容风采。　③何平叔：
何晏。　④魏明帝：曹睿。此处当为魏文帝曹丕。傅粉：搽粉。汤饼：汤面。　⑤啖：吃。皎然：洁白的样子。　⑥毛曾：
魏明帝曹睿毛皇后的弟弟。夏侯玄：字太初，沛国谯（今安徽亳州）人。以善清谈而貌美著称。蒹葭：荻和芦苇。

rú yù shān zhī jiāng bēng
如玉山之将崩"①。

jī kāng shēn cháng qī chǐ bā cùn fēng zī tè xiù jiàn zhě tàn yuē xiāo xiāo sù
嵇康身长七尺八寸,风姿特秀。见者叹曰:"萧萧肃

sù shuǎng lǎng qīng jǔ huò yún sù sù rú sōng xià fēng gāo ér xú yǐn shān
肃,爽朗清举。"②或云:"肃肃如松下风,高而徐引③。"山

gōng yuē jī shū yè zhī wéi rén yě yán yán ruò gū sōng zhī dú lì qí zuì yě guī é
公曰:"嵇叔夜之为人也,岩岩若孤松之独立;其醉也,傀俄

ruò yù shān zhī jiāng bēng
若玉山之将崩。"④

pān yuè miào yǒu zī róng hǎo shén qíng shào shí xié dàn chū luò yáng dào fù rén yù
潘岳妙有姿容,好神情。少时挟弹出洛阳道,妇人遇

zhě mò bù lián shǒu gòng yíng zhī zuǒ tài chōng jué chǒu yì fù xiào yuè yóu áo yú
者,莫不连手共萦之⑤。左太冲绝丑,亦复效岳游遨,于

shì qún yù qí gòng luàn tuò zhī wěi dùn ér fǎn
是群妪齐共乱唾之,委顿而返⑥。

wáng yí fǔ róng mào zhěng lì miào yú tán xuán héng zhuō bái yù bǐng zhǔ wěi yǔ
王夷甫容貌整丽,妙于谈玄,恒捉白玉柄麈尾,与

shǒu dōu wú fēn bié
手都无分别⑦。

péi lìng gōng yǒu jùn róng zī yī dàn yǒu jí zhì kùn huì dì shǐ wáng yí fǔ wǎng
裴令公有俊容姿,一旦有疾,至困,惠帝使王夷甫往

kàn péi fāng xiàng bì wò wén wáng shǐ zhì qiǎng huí shì zhī wáng chū yù rén
看⑧。裴方向壁卧,闻王使至,强回视之。王出,语人

①李安国:李丰,字安国,才识过人,仕至中书令。颓唐:萎靡不振的样子。 ②萧萧肃肃:原形容风声,此借指人风度潇洒。爽朗清举:开朗秀拔。 ③高而徐引:形容松下之风,清高而舒缓。此指人的举止从容,神态高雅。 ④山公:山涛。嵇叔夜:嵇康,字叔夜。岩岩:高峻的样子。傀俄:倾颓的样子。 ⑤挟弹:拿着弹弓。萦:围绕。 ⑥左太冲:左思,字太冲。妪:妇人。委顿:萎靡疲顿。 ⑦麈尾:魏晋时期一种兼具拂尘和凉扇功用的器具,清谈家常执之以示风雅。 ⑧裴令公:裴楷。困:疲困,指病情严重。

容止

世说新语诵读本

曰:"双眸闪闪若岩下电,精神挺动,体中故小恶。"①

有人语王戎曰:"嵇延祖②卓卓如野鹤之在鸡群。"答曰:"君未见其父耳。"

裴令公有俊容仪,脱冠冕,粗服乱头皆好,时人以为"玉人"③。见者曰:"见裴叔则,如玉山上行,光映照人。"

刘伶身长六尺,貌甚丑悴,而悠悠忽忽,土木形骸④。

骠骑王武子是卫玠之舅,俊爽有风姿⑤。见玠,辄叹曰:"珠玉在侧,觉我形秽。"

有人诣王太尉,遇安丰、大将军、丞相在坐⑥。往别屋,见季胤、平子⑦。还,语人曰:"今日之行,触目见琳琅珠玉。"

---

①挺动:迟滞。故:确实。小恶:略有不适。②嵇延祖:嵇绍,嵇康长子。③裴令公:裴楷。冠冕:帝王、官员所戴的礼帽。④丑悴:丑陋而瘦瘠。悠悠忽忽:形容超然闲适,恍恍惚惚。土木形骸:形容不修边幅,如土块木头。⑤王武子:王济,字武子,官骠骑将军。俊爽:俊迈豪爽。⑥王太尉:王衍。安丰:王戎。大将军:王敦。丞相:王导。⑦季胤:王诩,王衍之弟。平子:王澄,王衍之弟。

wáng dà jiāng jūn chēng tài wèi　　chǔ zhòng rén zhōng　 sì zhū yù zài wǎ shí jiān

王大将军称太尉:"处众人中,似珠玉在瓦石间。"

wèi jiè cóng yù zhāng zhì xià dū　 rén jiǔ wén qí míng　guān zhě rú dǔ qiáng　　jiè

卫玠从豫章至下都,人久闻其名,观者如堵墙①。玠

xiān yǒu léi jí　　 tǐ bù kān láo　 suì chéng bìng ér sǐ　 shí rén wèi　 kàn shā wèi jiè

先有羸疾②,体不堪劳,遂成病而死,时人谓"看杀卫玠"。

shí tóu shì gù　　cháo tíng qīng fù　 wēn zhōng wǔ yǔ　 yǔ wén kāng tóu táo gōng qiú

石头事故,朝廷倾覆,温忠武与庾文康投陶公求

jiù　　 táo gōng yún　　sù zǔ gù mìng bù jiàn jí　 qiě sū jùn zuò luàn　 xìn yóu zhū

救③。陶公云:"肃祖顾命不见及。且苏峻作乱,衅由诸

yǔ　 zhū qí xiōng dì　 bù zú yǐ xiè tiān xià　　 yú shí yǔ zài wēn chuán hòu　 wén zhī

庾,诛其兄弟,不足以谢天下。"④于时庾在温船后,闻之,

yōu bù wú jì　　 bié rì　 wēn quàn yǔ jiàn táo　 yǔ yóu yù wèi néng wǎng　 wēn yuē　 xī

忧怖无计。别日,温劝庾见陶,庾犹豫未能往。温曰:"溪

gǒu　 wǒ suǒ xī　 qīng dàn jiàn zhī　 bì wú yōu yě　　 yǔ fēng zī shén mào　 táo yī jiàn biàn

狗⑤我所悉,卿但见之,必无忧也。"庾风姿神貌,陶一见便

gǎi guān　 tán yàn jìng rì　 ài zhòng dùn zhì

改观,谈宴竟日,爱重顿至。

yǔ tài wèi zài wǔ chāng　 qiū yè qì jiā jǐng qīng　 shǐ lì yīn hào　 wáng hú zhī zhī

庾太尉在武昌,秋夜气佳景清,使吏殷浩、王胡之之

tú dēng nán lóu lǐ yǒng　 yīn diào shǐ qiú　 wén hán dào zhōng yǒu jī shēng shèn lì　 dìng shì yǔ

徒登南楼理咏,音调始遒,闻函道中有屐声甚厉,定是庾

①豫章:郡名,治所在今江西南昌。下都:东晋都城建康。　②羸疾:体质虚弱。　③石头事故:指晋成帝咸和二年(327)苏峻和祖约以讨伐庾亮为名而起兵,第二年攻破建康,迁成帝于石头城的事。温忠武:温峤,卒谥忠武。庾文康:庾亮,谥文康。陶公:陶侃,时任荆州刺史,掌长江上游重兵。　④肃祖:晋明帝司马绍,庙号肃祖。顾命:临终遗命。不见及:指陶侃没在顾命大臣之列。衅:起因,根源。诸庾:指庾亮、庾翼兄弟。　⑤溪狗:骂人话。"溪"亦作"傒",傒人是居住在江西一带的少数民族。晋宋时北来大族,呼江西人为"溪"(傒)。

容　止

世说新语诵读本

公①。俄而率左右十许人步来，诸贤欲起避之，公徐云：

"诸君少住，老子于此处兴复不浅。"②因便据胡床，与诸人

咏谑，竟坐甚得任乐③。后王逸少下，与丞相言及此事，

丞相曰："元规尔时风范，不得不小颓。"④右军答曰："唯

丘壑⑤独存。"

王右军见杜弘治，叹曰："面如凝脂，眼如点漆，此神

仙中人。"⑥时人有称王长史形者，蔡公⑦曰："恨诸人不

见杜弘治耳！"

刘尹道桓公：鬓如反猬皮，眉如紫石棱，自是孙仲

谋、司马宣王一流人⑧。

时人目王右军："飘如游云，矫如惊龙。"⑨

①佐吏：僚属官吏。理咏：调理音律，吟咏诗歌。遒：高亢有力。函道：扶梯。屐：木制拖鞋。厉：迅疾。②老子：老夫，谦辞。少：少顷，短暂。③据：通"踞"，伸腿垂足而坐。胡床：东汉后期传入我国的一种坐具，类似现在的折叠椅。咏谑：吟咏戏笑。竟坐：满座。任乐：自在快乐。④小：稍微。颓：减弱。⑤丘壑：指高雅的品格。⑥杜弘治：杜乂，字弘治，杜预之孙。性纯和，美姿容。⑦蔡公：蔡谟。⑧反猬皮：翻过来的刺猬皮。紫石棱：紫色石的棱角。孙仲谋：孙权。司马宣王：司马懿。⑨目：品评。飘如游云，矫若惊龙：指王羲之的风采，《晋书》本传以此形容王羲之的笔势。

wáng zhǎng shǐ cháng bìng　qīn shū bù tōng　　　lín gōng lái　shǒu mén rén jù qǐ zhī
王 长 史 尝 病，亲 疏 不 通①。林 公 来，守 门 人 遽 启 之

yuē　　yī yì rén zài mén　bù gǎn bù qǐ　　wáng xiào yuē　　cǐ bì lín gōng
曰："一 异 人 在 门，不 敢 不 启。"② 王 笑 曰："此 必 林 公。"

huò yǐ fāng xiè rén zǔ　bù nǎi zhòng zhě　huán dà sī mǎ yuē　　zhū jūn mò qīng
或 以 方 谢 仁 祖，不 乃 重 者，桓 大 司 马 曰："诸 君 莫 轻

dào　rén zǔ qǐ jiǎo běi chuāng xià tán pí pá　　gù zì yǒu tiān jì zhēn rén xiǎng
道，仁 祖 企 脚 北 窗 下 弹 琵 琶，故 自 有 天 际 真 人 想。"③

wáng zhǎng shǐ wéi zhōng shū láng　wǎng jìng hé xǔ　　ěr shí jī xuě　zhǎng shǐ cóng
王 长 史 为 中 书 郎，往 敬 和 许④。尔 时 积 雪，长 史 从

mén wài xià chē　bù rù shàng shū　zhuó gōng fú　jìng hé yáo wàng　tàn yuē　　cǐ bù fù
门 外 下 车，步 入 尚 书⑤，著 公 服，敬 和 遥 望，叹 曰："此 不 复

sì　shì zhōng rén
似 世 中 人！"

hǎi xī shí　zhū gōng měi cháo　cháo táng yóu àn　wéi kuài jī wáng lái　xuān xuān rú
海 西 时，诸 公 每 朝，朝 堂 犹 暗；唯 会 稽 王 来，轩 轩 如

zhāo xiá jǔ
朝 霞 举⑥。

xiè chē jì dào xiè gōng　　yóu sì fù wú nǎi gāo chàng　dàn gōng zuò niě bí gù lài
谢 车 骑 道 谢 公："游 肆 复 无 乃 高 唱，但 恭 坐 捻 鼻 顾 睐，

biàn zì yǒu qǐn chù shān zé jiān yí
便 自 有 寝 处 山 泽 间 仪。"⑦

yǔ cháng rén yǔ zhū dì rù wú　yù zhù tíng zhōng sù　　zhū dì xiān shàng jiàn
庾 长 仁 与 诸 弟 入 吴，欲 住 亭 中 宿⑧。诸 弟 先 上，见

①通：通报，传达。　②遽：急忙。启：禀告，报告。　③方：评论。谢仁祖：谢尚。乃：如此，这么。重：庄重。企：踮起脚。真人：得道的人，仙人。想：情怀。　④敬和：王洽，字敬和，王导之子，历任吴国内史、中领军。　⑤尚书：指尚书省官署。　⑥海西：海西公司马奕，即晋废帝。会稽王：简文帝司马昱。轩轩：形容器宇轩昂。举：升起。　⑦谢车骑：谢玄。游肆：游逛，遨游。无乃：无须。恭坐：端坐。捻：捏。顾睐：游目顾盼。寝处：坐卧，引申为栖息。仪：仪容，仪态。　⑧庾长仁：庾统，庾亮从子。亭：驿亭，供行旅住宿之处。

群小^①满屋，都无相避意。长仁曰："我试观之。"乃策杖

将一小儿，始入门，诸客望其神姿，一时退匿^②。

有人叹王恭形茂者，云："濯濯如春月柳。"^③

---

①群小：指普通百姓。　②策杖：拄着拐杖。将：带领。　③茂：美。濯濯：鲜明有光泽的样子。

自 新 (zì xīn)

zhōu chǔ nián shào shí　xiōng qiáng xiá qì　wéi xiāng lǐ suǒ huàn　yòu yì xīng shuǐ zhōng
周处年少时，凶强侠气，为乡里所患，又义兴水中

yǒu jiāo　shān zhōng yǒu zhuān jì hǔ　bìng jiē bào fàn bǎi xìng　yì xīng rén wèi wéi　sān
有蛟，山中有邅迹虎，并皆暴犯百姓，义兴人谓为"三

hèng　ér chǔ yóu jù　huò shuì chǔ shā hǔ zhǎn jiāo　shí jì sān hèng wéi yú qí yī
横"，而处尤剧①。或说处杀虎斩蛟，实冀三横唯余其一②。

chǔ jí cì shā hǔ　yòu rù shuǐ jī jiāo　jiāo huò fú huò mò　xíng shù shí lǐ　chǔ yǔ zhī
处即刺杀虎，又入水击蛟，蛟或浮或没，行数十里，处与之

jù　jīng sān rì sān yè　xiāng lǐ jiē wèi yǐ sǐ　gēng xiāng qìng　jìng shā jiāo ér chū
俱，经三日三夜，乡里皆谓已死，更相③庆。竟杀蛟而出。

wén lǐ rén xiāng qìng　shǐ zhī wéi rén qíng suǒ huàn　yǒu zì gǎi yì　nǎi zì wú xún èr
闻里人相庆，始知为人情所患，有自改意。乃自吴寻二

lù　píng yuán bù zài　zhèng jiàn qīng hé　jù yǐ qíng gào　bìng yún yù zì xiū gǎi ér nián
陆，平原不在，正见清河，具以情告，并云欲自修改而年

yǐ cuō tuó　zhōng wú suǒ chéng　qīng hé yuē　gǔ rén guì zhāo wén xī sǐ　kuàng jūn
已蹉跎，终无所成④。清河曰："古人贵朝闻夕死，况君

qián tú shàng kě　qiě rén huàn zhì zhī bù lì　yì hé yōu lìng míng bù zhāng yé　chǔ
前途尚可。且人患志之不立，亦何忧令名不彰邪？"⑤处

---

①周处：西晋义兴阳羡（今江苏宜兴）人。少时横行乡里，后发奋读书，三国吴时为无难督，晋平吴后任新平太守，迁御史中丞。凶强：凶狠横暴。侠气：任侠使气。患：认为祸害。蛟：传说中龙一类的动物。邅迹虎：跛足虎。暴犯：凶暴地侵害。横：指横暴的人或物。　②说：劝说。冀：希望。　③更相：互相，交互。　④二陆：指陆机、陆云。平原：指陆机，曾为平原内史。清河：指陆云，曾任清河内史。　⑤朝闻夕死：出自《论语·里仁》："朝闻道，夕死可矣。"令名：美名。彰：显扬，表彰。

suì gǎi lì zhōng wéi zhōng chén xiào zǐ
遂改励，终为忠臣孝子①。

dài yuān shào shí yóu xiá bù zhì xíng jiǎn cháng zài jiāng huái jiān gōng lüè shāng lǚ
戴渊少时，游侠不治行检，尝在江淮间攻掠商旅②。

lù jī fù jià huán luò zī zhòng shèn shèng yuān shǐ shào nián lüè jié yuān zài àn
陆机赴假还洛，辎重甚盛，渊使少年掠劫③。渊在岸

shàng jù hú chuáng zhǐ huī zuǒ yòu jiē dé qí yí yuān jì shén zī fēng yǐng suī
上，据胡床指麾左右，皆得其宜④。渊既神姿峰颖⑤，虽

chǔ bǐ shì shén qì yóu yì jī yú chuán wū shàng yáo wèi zhī yuē qīng cái rú cǐ yì
处鄙事，神气犹异。机于船屋上遥谓之曰："卿才如此，亦

fù zuò jié yé yuān biàn qì tì tóu jiàn guī jī cí lì fēi cháng jī mí zhòng
复作劫邪？"渊便泣涕，投剑归机，辞厉⑥非常。机弥重

zhī dìng jiāo zuò bǐ jiàn yān guò jiāng shì zhì zhēng xī jiāng jūn
之，定交，作笔荐焉⑦。过江，仕至征西将军。

---

①忠臣孝子：氐（dī）人叛乱，周处受命平叛，家有老母，但他坚持领兵出征，后力战而死。 ②戴渊：广陵（今江苏淮阴东南）人，多才善辩，风采过人，后为王敦所害。行检：操行，品行。攻掠：攻击抢劫。 ③赴假：销假。辎重：行李。辎，一种有帏盖可载重的车。 ④胡床：一种坐具。指麾：指令，调遣。 ⑤峰颖：秀美突出。 ⑥辞厉：言辞激切。 ⑦弥：更加。笔：文章。

（自新）

世说新语诵读本

wáng chéng xiàng guò jiāng　zì shuō xī zài luò shuǐ biān　shuò yǔ péi chéng gōng　ruǎn qiān
王 丞 相过江,自说昔在洛水边,数与裴成 公、阮千

lǐ zhū xián gòng tán dào　　yáng màn yuē　rén jiǔ yǐ cǐ xǔ qīng　hé xū fù ěr
里诸贤 共谈道①。羊曼曰:"人久以此许卿,何须复尔?"②

wáng yuē　　yì bù yán wǒ xū cǐ　dàn yù ěr shí bù kě dé ěr
王曰:"亦不言我须此,但欲尔时不可得耳!"③

wáng yòu jūn dé rén yǐ　lán tíng jí xù　fāng　jīn gǔ shī xù　　yòu yǐ jǐ dí
王右军得人以《兰亭集序》方《金谷诗序》,又以己敌

shí chóng　shèn yǒu xīn sè
石崇,甚有欣色④。

wáng sī zhōu xiān wéi yǔ gōng jì shì cān jūn　hòu qǔ yīn hào wéi zhǎng shǐ　shǐ dào
王司州 先为庚公记室参军,后取殷浩为 长史,始到,

yǔ gōng yù qiǎn wáng shǐ xià dū　　wáng zì qǐ qiú zhù yuē　　xià guān xī jiàn shèng dé
庚公欲遣 王使下都⑤。王自启求住曰:"下官希见盛德,

yuān yuán shǐ zhì　yóu tān yǔ shǎo rì zhōu xuán
渊 源始至,犹贪与少日周 旋。"⑥

----

①王丞相:王导。数:屡次。裴成公:裴頠。阮千里:阮瞻。 ②羊曼:时为丞相主簿。许:称赞。 ③须:通"需",需要。尔时:那时。 ④《兰亭集序》:东晋穆帝永和九年(353),王羲之与谢安、孙绰等名士四十多人在会稽山阴之兰亭集会,饮酒赋诗,编为《兰亭集》,王羲之为之作序,称《兰亭集序》,文章清新自然,墨迹被誉为"行书第一"。方:比拟。《金谷诗序》:西晋惠帝元康六年(296),石崇与当时名士游宴于河南洛阳金谷园中,弹琴作诗,饮酒取乐。石崇作序,为《金谷园序》。敌:匹敌。石崇:累官散骑常侍、侍中、荆州刺史,豪奢侈靡。 ⑤王司州:王胡之。取:聘用,此指庚亮聘用殷浩。殷浩:东晋大臣,字渊源。使:出使。下都:指建康。 ⑥启:禀告。少日:几天。周旋:来往,交往。

117

mèng chǎng wèi dá shí　jiā zài jīng kǒu　　　cháng jiàn wáng gōng chéng gāo yú　pī hè

孟 昶 未 达 时，家 在 京 口①。 尝 见 王 恭 乘 高 舆，被 鹤

chǎng qiú　　　yú shí wēi xuě　chǎng yú lí jiān kuī zhī　tàn yuē　　cǐ zhēn shén xiān

氅 裘②。 于 时 微 雪，昶 于 篱 间 窥 之，叹 曰："此 真 神 仙

zhōng rén

中 人！"

①孟昶：历任吏部尚书、尚书左仆射。达：发达，得志。京口：今江苏镇江。　②高舆：高车。被：穿着，披上。鹤氅
裘：用鹤类羽毛制成的外套。

伤 逝

wáng zhòng xuān hào lú míng　jì zàng　wén dì lìn qí sāng　gù yù tóng yóu yuē
王 仲 宣 好 驴 鸣，既 葬，文 帝 临 其 丧，顾 语 同 游 曰：

wáng hào lú míng　kě gè zuò yī shēng yǐ sòng zhī　　fù kè jiē yī zuò lú míng
"王 好 驴 鸣，可 各 作 一 声 以 送 之。"①赴 客 皆 一 作 驴 鸣。

wáng jùn chōng wéi shàng shū lìng　zhuó gōng fú　chéng yáo chē　jīng huáng gōng jiǔ lú
王 濬 冲 为 尚 书 令，著 公 服，乘 轺 车，经 黄 公 酒 垆

xià guò　　　gù wèi hòu chē kè　wú xī yǔ jī shū yè　ruǎn sì zōng gòng hān yǐn yú cǐ
下 过②。顾 谓 后 车 客："吾 昔 与 嵇 叔 夜、阮 嗣 宗 共 酣 饮 于 此

lú　zhú lín zhī yóu　yì yù qí mò　zì jī shēng yāo ruǎn gōng wáng yǐ lái　biàn wéi
垆。竹 林 之 游，亦 预 其 末。自 嵇 生 天、阮 公 亡 以 来，便 为

shí suǒ jī xiè　jīn rì shì cǐ suī jìn　miǎo ruò shān hé
时 所 羁 绁。今 日 视 此 虽 近，邈 若 山 河。"③

wáng róng sàng ér wàn zǐ　shān jiǎn wǎng xǐng zhī　wáng bēi bù zì shèng　jiǎn yuē
王 戎 丧 儿 万 子，山 简 往 省 之，王 悲 不 自 胜④。简 曰：

hái bào zhōng wù　hé zhì yú cǐ　wáng yuē　shèng rén wàng qíng　zuì xià bù jí qíng
"孩 抱 中 物，何 至 于 此？"王 曰："圣 人 忘 情，最 下 不 及 情。

qíng zhī suǒ zhōng　zhèng zài wǒ bèi　jiǎn fú qí yán　gèng wéi zhī tòng
情 之 所 钟⑤，正 在 我 辈。"简 服 其 言，更 为 之 恸⑥。

---

①王仲宣：王粲，字仲宣。好：喜欢。文帝：曹丕。临：哭吊死者。②王濬冲：王戎。轺车：一马所驾的轻便车。垆：酒店里安放酒坛的土台，借指酒店。③羁绁：络系犬马的用具，比喻束缚、拘束。邈：遥远。④万子：王绥，字万子，年十九而卒。省：看望。胜：禁得起。⑤钟：专注。⑥更：竟然，反而。恸：极其悲痛。

顾彦先^①平生好琴，及丧，家人常以琴置灵床上。张季鹰往哭之，不胜其恸，遂径上床鼓琴，作数曲竟，抚琴曰："顾彦先颇复赏此不？"^②因又大恸，遂不执孝子手而出。

庾文康亡，何扬州临葬，云："埋玉树著土中，使人情何能已已^③！"

王长史病笃，寝卧灯下，转麈尾视之，叹曰："如此人，曾不得四十！"^④及亡，刘尹临殡，以犀柄麈尾著柩中，因恸绝^⑤。

支道林丧法虔之后，精神霣丧，风味转坠^⑥。常谓人曰："昔匠石废斤于郢人，牙生辍弦于钟子，推己外求，良不虚也。冥契既逝，发言莫赏，中心蕴结，余其亡

---

①顾彦先：顾荣，字彦先，吴郡吴县（今江苏苏州）人。　②张季鹰：张翰，字季鹰。不：同"否"。　③已已：停止，休止。　④笃：病重。曾：乃，竟。　⑤刘尹：刘惔。殡：死者入殓后停柩待葬。　⑥法虔：晋时名僧，与支道林同学。霣丧：萎靡颓丧。风味：风采，神韵。

120

yǐ
矣！"①却后一年，支遂殒②。

xī jiā bīn sàng zuǒ yòu bái xī gōng   láng sàng   jì wén bù bēi yīn yù zuǒ
郗嘉宾丧，左右白郗公："郎丧。"③既闻不悲，因语左

yòu   bìn shí kě dào   gōng wǎng lìn bìn   yī tòng jī jué
右："殡时可道。"公往临殡，一恸几绝。

dài gōng jiàn lín fǎ shī mù   yuē   dé yīn wèi yuǎn   ér gǒng mù yǐ jī   jì shén
戴公见林法师墓，曰："德音未远，而拱木已积。冀神

lǐ mián mián   bù yǔ qì yùn jù jìn ěr
理绵绵，不与气运俱尽耳！"④

wáng dōng tíng yǔ xiè gōng jiāo è   wáng zài dōng wén xiè sàng biàn chū dū   yǐ zǐ
王东亭与谢公交恶。王在东闻谢丧，便出都⑤诣子

jìng dào   yù kū xiè gōng   zǐ jìng shǐ wò wén qí yán biàn jīng qǐ yuē   suǒ wàng
敬，道："欲哭谢公。"子敬始卧，闻其言，便惊起，曰："所望

yú fǎ hù   wáng yú shì wǎng kū   dū shuài diāo yuē bù tīng qián yuē   guān píng shēng
于法护。"王于是往哭。督帅刁约不听前，曰："官平生

zài shí   bù jiàn cǐ kè   wáng yì bù yǔ yǔ   zhí qián kū shèn tòng bù zhí mò bì
在时，不见此客。"⑥王亦不与语，直前哭，甚恸，不执末婢⑦

shǒu ér tuì
手而退。

wáng zǐ yóu   zǐ jìng jù bìng dǔ   ér zǐ jìng xiān wáng   zǐ yóu wèn zuǒ yòu
王子猷、子敬俱病笃，而子敬先亡。子猷问左右：

①匠石废斤于郢人：事见于《庄子·徐无鬼》，春秋时的工匠匠石可以用斧子砍掉郢人鼻子上的粉污，自其死后遂不敢再示范。牙生辍弦于钟子：事见《吕氏春秋·本味》，伯牙善于弹琴，钟子期善听，子期死，伯牙不复鼓琴。牙生，伯牙。辍，停止。冥契：指意气相投的知音好友。蕴结：郁闷。②殒：死亡。③郗嘉宾：郗超。郗公：郗愔。④戴公：戴逵。拱木：双手能合抱的树。冀：希望。神理：精神义理。气运：气数命运，此指年寿。⑤出都：赶到京城。⑥督帅：帐下领兵者。刁约：生平不详。官：长官，指谢安。⑦末婢：谢安幼子谢琰，小字末婢。

世说新语诵读本

"何以都不闻消息？此已丧矣。"语时了^①不悲。便索舆^②奔

丧，都不哭。子敬素好琴，便径入坐灵床上，取子敬琴

弹，弦既不调，掷地云："子敬，子敬，人琴俱亡！"因恸绝良

久。月余亦卒。

---

① 了：完全。 ② 索舆：吩咐备车。

栖　逸（xī yì）

阮步兵啸，闻数百步①。苏门山中，忽有真人，樵伐者咸共传说②。阮籍往观，见其人拥膝岩侧，籍登岭就之，箕踞③相对。籍商略终古，上陈黄、农玄寂之道，下考三代盛德之美以问之，仡然不应④。复叙有为之教，栖神导气之术以观之，彼犹如前，凝瞩不转⑤。籍因对之长啸。良久，乃笑曰："可更作。"籍复啸。意尽，退，还半岭许，闻上嗷然有声，如数部鼓吹，林谷传响，顾看，乃向人啸也⑥。

---

①阮步兵：阮籍，曾为步兵校尉。啸：吹口哨，撮口吹气以发长声，或辅以手指。　②苏门山：亦名苏岭，百门山，在河南辉县西北。真人：修心养性得道之人。　③箕踞：坐时两腿岔开，形似簸箕，一种傲慢无礼的姿势。　④商略：商讨。终古：指古昔之事。黄：黄帝。农：神农氏。玄寂：玄远悠寂，清静无为。三代：夏、商、周三代。仡然：昂头的样子。⑤有为之教：有所作为的教义。栖神：凝定心神。导气：导引气息。　⑥嗷然：模拟声音。鼓吹：军中之乐，主要乐器为鼓、钲、箫、笳等。向人：刚才那个人。

jī kāng yóu yú jí jùn shān zhōng　yù dào shì sūn dēng　suì yǔ zhī yóu　　kāng lín
嵇 康 游 于 汲 郡 山 中 ，遇 道 士 孙 登 ，遂 与 之 游①。康 临

qù　dēng yuē　　jūn cái zé gāo yǐ　bǎo shēn zhī dào bù zú
去 ，登 曰："君 才 则 高 矣 ，保 身 之 道 不 足 。"

ruǎn guāng lù zài dōng shān　xiāo rán wú shì　cháng nèi zú yú huái　　yǒu rén yǐ wèn
阮 光 禄 在 东 山 ，萧 然 无 事 ，常 内 足 于 怀②。有 人 以 问

wáng yòu jūn　yòu jūn yuē　　cǐ jūn jìn bù jīng chǒng rǔ　suì gǔ zhī chén míng　hé yǐ
王 右 军 ，右 军 曰："此 君 近 不 惊 宠 辱 ，遂 古 之 沉 冥③，何 以

guò cǐ
过 此 ？"

nán yáng liú lín zhī　gāo shuài shàn shǐ zhuàn　yǐn yú yáng qí　　yú shí fú jiān lín
南 阳 刘 驎 之 ，高 率 善 史 传 ，隐 于 阳 岐④。于 时 符 坚 临

jiāng　jīng zhōu cì shǐ huán chōng jiāng jìn xū mó zhī yì　zhēng wéi zhǎng shǐ　qiǎn rén chuán
江 ，荆 州 刺 史 桓 冲 将 尽 讦 谟 之 益 ，征 为 长 史 ，遣 人 船

wǎng yíng　zèng kuàng shèn hòu　　lín zhī wén mìng　biàn shēng zhōu　xī bù shòu suǒ xiǎng
往 迎 ，赠 贶 甚 厚⑤。驎 之 闻 命 ，便 升 舟 ，悉 不 受 所 饷 ，

yuán dào yǐ qǐ qióng fá　bǐ zhì shàng míng yì jìn　　yī jiàn chōng　yīn chén wú yòng　xiāo
缘 道 以 乞 穷 乏 ，比 至 上 明 亦 尽⑥。一 见 冲 ，因 陈 无 用 ，翛

rán ér tuì　jū yáng qí jī nián　　yī shí yǒu wú　cháng yǔ cūn rén gòng　zhí jǐ kuì
然⑦而 退 。居 阳 岐 积 年⑧，衣 食 有 无 ，常 与 村 人 共 。值 己 匮

fá　cūn rén yì rú zhī　　shèn hòu wéi xiāng lǘ　suǒ ān
乏 ，村 人 亦 如 之 。甚 厚 为 乡 闾⑨所 安 。

kāng sēng yuān zài yù zhāng　qù guō shù shí lǐ　lì jīng shè　páng lián lǐng　dài cháng
康 僧 渊 在 豫 章 ，去 郭 数 十 里 立 精 舍 ，旁 连 岭 ，带 长

①汲郡：治所在今河南汲县西南。孙登：隐士，以读《易》抚琴自娱，性无喜怒，后不知所终。 ②阮光禄：阮裕。萧然：清静的样子。 ③沉冥：深藏不露之人，多指隐士。 ④刘驎之：字子骥，隐士，陶渊明《桃花源记》中提及的刘子骥，就是此人。高率：超逸真率。史传：史事。阳岐：村名，距荆州二百里，濒临长江。 ⑤临江：兵临长江，意图南下。桓冲：桓温子弟。讦谟：宏图大计。贶：赐予。 ⑥饷：赠送。缘道：沿路。乞：给与。比：及，等到。上明：桓冲所筑荆州新城，在长江南岸。 ⑦翛然：无拘无束。 ⑧积年：多年。 ⑨乡闾：乡间。

川，芳林列于轩庭，清流激于堂宇①。乃闲居研讲，希心理味②。庾公诸人多往看之，观其运用吐纳，风流转佳，加已处之怡然，亦有以自得，声名乃兴③。后不堪，遂出。

戴安道既厉操东山，而其兄欲建式遏之功④。谢太傅⑤曰："卿兄弟志业，何其太殊？"戴曰："下官不堪其忧，家弟不改其乐。"⑥

许玄度隐在永兴南幽穴中，每致四方诸侯之遗⑦。或谓许曰："尝闻箕山⑧人似不尔耳。"许曰："筐篚苞苴，故当轻于天下之宝耳！"⑨

许掾好游山水，而体便登陟⑩。时人云："许非徒有胜情，实有济胜之具。"⑪

---

①康僧渊：东晋高僧。豫章：今江西南昌。郭：外城。精舍：僧人静修的场所。轩：堂前屋檐下的平台。 ②希心：倾心。理味：义理之味。 ③吐纳：指谈吐。转：更，愈。 ④厉操：砥砺节操。其兄：戴逯，以武勇显，仕至大司农，封广陵侯。式遏：指抵御侵略，为国立功。 ⑤谢太傅：谢安。 ⑥"戴曰"句：《论语·雍也》中有记载孔子评价其弟子颜回之句："贤哉回也，一箪食，一瓢饮，在陋巷，人不堪其忧，回也不改其乐。"此处意谓戴逯经不住穷苦，故出来做官；戴逵安于贫贱，故隐居不仕。 ⑦许玄度：许询东晋文学家，字玄度。高阳（今河北蠡县）人。永兴：县名，在浙江萧山西。幽穴：幽僻的山洞。 ⑧箕山：许由隐居之处。 ⑨筐篚：竹器，方曰筐，圆曰篚。苞苴：蒲包。古人赠送礼物，用筐篚苞苴包装，后指代包装好的礼物。 ⑩体便：身体轻便。登陟：攀登。 ⑪胜情：喜爱胜境的情怀。济胜之具：登临揽胜的条件，此指强健的体魄。

贤 媛

许允妇是阮卫尉女，德如妹，奇丑①。交礼②竟，允无复
入理，家人深以为忧。会允有客至，妇令婢视之，还，答曰：
"是桓郎。"桓郎者，桓范③也。妇云："无忧，桓必劝入。"
桓果语许云："阮家既嫁丑女与卿，故当有意，卿宜察之。"
许便回入内，既见妇，即欲出。妇料其此出无复入理，便捉
裾④停之。许因谓曰："妇有四德⑤，卿有其几？"妇曰："新妇
所乏唯容尔。然士有百行⑥，君有几？"许云："皆备。"妇曰：
"夫百行以德为首。君好色不好德，何谓皆备？"允有惭色，
遂相敬重。

---

①许允：字士宗，仕魏为侍中、尚书、中领军、镇北将军，与李丰、夏侯玄尤善，后被司马氏所杀。德如：阮侃，字德如，晋代医家，与嵇康为友。　②交礼：行交拜礼，即拜堂成亲。　③桓范：正始中为大司农，后被司马懿所杀。　④捉裾：抓住衣襟。　⑤四德：妇德、妇言、妇容、妇功。　⑥百行：各种好品行。

wáng gōng yuān qǔ zhū gě dàn nǚ　　rù shì　yán yǔ shǐ jiāo　wáng wèi fù yuē　　xīn
王公渊娶诸葛诞女，入室，言语始交，王谓妇曰："新

fù shén sè bēi xià　shū bù sì gōng xiū　　　fù yuē　　dà zhàng fū bù néng fǎng fú yàn
妇神色卑下，殊不似公休。"①妇曰："大丈夫不能仿佛彦

yún②　　ér lìng fù rén bǐ zōng yīng jié
云②，而令妇人比踪英杰！"

　　wáng jīng shào pín kǔ　　shì zhì èr qiān shí　mǔ yù zhī yuē　　rǔ běn hán jiā zǐ
王经少贫苦，仕至二千石，母语之曰："汝本寒家子，

shì zhì èr qiān shí　cǐ kě yǐ zhǐ hū　　jīng bù néng yòng　　wéi shàng shū　zhù wèi　bù
仕至二千石，此可以止乎！"③经不能用。为尚书，助魏，不

zhōng yú jìn　bèi shōu　tì qì cí mǔ yuē　　bù cóng mǔ chì　yǐ zhì jīn rì　　mǔ dōu
忠于晋，被收，涕泣辞母曰："不从母敕，以至今日！"④母都

wú qī　róng　　yù zhī yuē　　wéi zǐ zé xiào　wéi chén zé zhōng　yǒu xiào yǒu zhōng　hé fù
无戚⑤容，语之曰："为子则孝，为臣则忠，有孝有忠，何负

wú yé
吾邪？"

　　shān gōng yǔ jī　ruǎn yī miàn　qì ruò jīn lán　　shān qī hán shì jué gōng yǔ　èr
山公与嵇、阮一面，契若金兰⑥。山妻韩氏觉公与二

rén yì yú cháng jiāo　wèn gōng　gōng yuē　　wǒ dāng nián kě yǐ wéi yǒu zhě　wéi cǐ èr
人异于常交，问公，公曰："我当年可以为友者，唯此二

shēng ěr　　qī yuē　　fù jī zhī qī yì qīn guān hú　zhào　yì yù kuī zhī　kě hū
生耳。"妻曰："负羁之妻亦亲观狐、赵，意欲窥之，可乎？"⑦

tā rì　èr rén lái　qī quàn gōng zhǐ zhī sù　　jù jiǔ ròu　　yè chuān yōng yǐ shì zhī
他日，二人来，妻劝公止之宿，具酒肉。夜穿墉以视之，

---

①王公渊：王广，字公渊，仕魏为屯骑校尉、尚书。诸葛诞：字公休，琅玡阳都（今山东沂南）人。三国时魏将。
②彦云：王凌，字彦云，王广之父，仕魏为太尉。　③王经：历仕江夏太守、雍州刺史、司隶校尉，后因忠于魏室，与其
母并为司马昭所杀。二千石：汉代九卿郎将、郡守的俸禄等级为二千石。　④收：逮捕。敕：告诫。　⑤戚：悲伤。
⑥契若金兰：比喻朋友意气相投。　⑦负羁之妻亦亲观狐、赵：据《左传·僖公二十三年》记载，重耳流亡到曹国，曹大
夫负羁之妻看到重耳的随从狐偃、赵衰（cuī），认为都是可以辅佐重耳的人。

世说新语诵读本

达旦忘反①。公入曰:"二人何如?"妻曰:"君才致殊不如,正当以识度相友耳。"②公曰:"伊辈亦常以我度为胜。"

王汝南少无婚,自求郝普女③。司空④以其痴,会无婚处,任其意,便许之。既婚,果有令姿淑德,生东海,遂为王氏母仪⑤。或问汝南:"何以知之?"曰:"尝见井上取水,举动容止不失常,未尝忤观⑥,以此知之。"

王司徒妇,钟氏女,太傅曾孙,亦有俊才女德⑦。钟、郝为娣姒,雅相亲重:钟不以贵陵郝,郝亦不以贱下钟⑧。东海家内,则郝夫人之法;京陵家内,范钟夫人之礼⑨。

王江州夫人语谢遏曰:"汝何以都不复进?为是尘

①墉:墙壁。反:通"返",返回。②才致:才思风韵。识度:见识度量。③王汝南:王湛,曾任汝南太守。郝普:仕至洛阳太守。④司空:王昶,王湛之父,魏国司空。⑤令姿:美好的姿容。淑德:善良的品德。东海:王承,历任东海内史。母仪:做母亲的典范。⑥忤观:不适当地观看,随意顾盼。⑦王司徒:王浑,王湛之兄,晋武帝时任司徒。钟氏女:王浑妻钟琰,其父钟徽,曾祖钟繇,魏太傅。⑧娣姒:妯娌互称。兄妻为娣,弟妻为姒。雅:颇,甚。陵:凌驾其上。下:居于下位。⑨东海:王承,官东海内史。京陵:王浑,袭父爵京陵侯。

务经心，天分有限？"①

谢遏绝重其姊，张玄常称其妹，欲以敌之。有济尼者，并游张、谢二家，人问其优劣，答曰："王夫人神情散朗，故有林下风气；顾家妇清心玉映，自是闺房之秀。"②

王尚书惠尝看王右军夫人，问："眼耳为觉恶不？"③答曰："发白齿落，属乎形骸④；至于眼耳，关于神明，那可便与人隔？"

贤媛

世说新语诵读本

---

①王江州夫人：王凝之妻谢道韫，东晋才女，会稽（今浙江绍兴）人。谢遏：谢玄，谢道韫之弟。为是：岂是，难道是。
②济尼：一个名叫济的尼姑。林下：指竹林名士的风度。 ③王尚书：王惠，曾官至吏部尚书。恶：不好。不：同"否"。
④形骸：形体。

术　解

荀勖善解音声，时论谓之"暗解"，遂调律吕，正雅乐[1]。每至正会，殿庭作乐，自调宫商，无不谐韵[2]。阮咸妙赏，时谓"神解"[3]。每公会作乐，而心谓之不调。既无一言直勖，意忌之，遂出阮为始平太守[4]。后有一田父耕于野，得周时玉尺，便是天下正尺，荀试以校己所治钟鼓、金石、丝竹，皆觉短一黍，于是伏阮神识[5]。

郭景纯过江，居于暨阳，墓去水不盈百步，时人以为近水[6]。景纯曰："将当为陆。"今沙涨，去墓数十里皆为桑田。其诗曰："北阜烈烈，巨海混混；磊磊三坟，唯母

①暗解：深通，精通。暗，暗中。律吕：泛指乐律。雅乐：典雅纯正之乐，用于郊庙朝会的乐舞。　②正会：夏历正月初一，皇帝朝会。宫商：五音中的宫音与商音，泛指音乐。　③妙赏：有卓越的鉴赏力。神解：指心领神会。　④直：以……为有理。忌：指荀勖忌恨阮咸。　⑤黍：古时度量衡定制的基本依据，长度即取黍的中等子粒，以一个纵黍为一分。伏：心服。　⑥郭景纯：郭璞，字景纯。过江：指郭璞于永嘉之乱时从北方移家江南。暨阳：县名，治所在今江苏江阴东南。去：距离。

与昆。"①

郗愔信道甚精勤，常患腹内恶，诸医不可疗，闻于法

开②有名，往迎之。既来便脉，云："君侯所患，正是精进

太过所致耳。"③合④一剂汤与之。一服，即大下，去数段许

纸，如拳大，剖看，乃先所服符也⑤。

---

①阜：土山。烈烈：高峻险阻。混混：波涛汹涌，大水奔流。垒垒：重叠的样子。昆：兄长。 ②于法开：东晋高僧，擅长医术。 ③脉：诊脉。君侯：对高官的尊称。 ④合：调配。 ⑤大下：大泻。符：信奉天师道的，皆以符水治病；也有无病服符的，一月三服。

世说新语诵读本

术解

巧艺

陵云台楼观精巧，先称平众木轻重，然后造构，乃无锱铢相负揭①。台虽高峻，常随风摇动，而终无倾倒之理。魏明帝②登台，惧其势危，别以大材扶持之，楼即颓坏。论者谓轻重力偏故也。

韦仲将③能书。魏明帝起殿，欲安榜，使仲将登梯题之④。既下，头鬓皓然，因敕⑤儿孙："勿复学书。"

戴安道中年画行像⑥甚精妙。庾道季看之，语戴云："神明太俗，由卿世情未尽。"⑦戴云："唯务光⑧当免卿此语耳。"

---

①陵云台：魏文帝所造，在今河南洛阳城东。锱铢：形容极小的分量。古代六铢为一锱，四锱为一两。负：欠负。揭：高举。指或坠或翘，高下不平衡。②魏明帝：曹睿。③韦仲将：韦诞，字仲将，仕至光禄大夫，擅长书法，尤善写楷书大字。④安：安放。榜：匾额。⑤敕：告诫。⑥行像：佛像。⑦庾道季：庾龢。神明：精神。⑧务光：相传为夏代隐士。

gù cháng kāng huà péi shū zé　jiá shàng yì sān máo　rén wèn qí gù　gù yuē
顾长康画裴叔则，颊上益三毛①。人问其故，顾曰：

péi kǎi jùn lǎng yǒu shí jù　zhèng cǐ shì qí shí jù　kàn huà zhě xún　zhī　dìng jué
"裴楷俊朗有识具②，正此是其识具。"看画者寻③之，定觉

yì sān máo rú yǒu shén míng　shū shèng wèi ān shí
益三毛如有神明，殊胜未安时。

gù cháng kāng huà xiè yòu yú　zài yán shí lǐ　rén wèn qí suǒ yǐ　gù yuē　xiè
顾长康画谢幼舆④在岩石里。人问其所以，顾曰："谢

yún　yī qiū yī hè　zì wèi guò zhī　cǐ zǐ yí zhì qiū hè zhōng
云：'一丘一壑，自谓过之。'此子宜置丘壑中。"

gù cháng kāng huà rén　huò shù nián bù diǎn mù jīng　rén wèn qí gù　gù yuē
顾长康画人，或数年不点目精⑤。人问其故，顾曰：

sì tǐ yán chī　běn wú guān yú miào chù　chuán shén xiě zhào　zhèng zài ā dǔ zhōng
"四体妍蚩，本无关于妙处；传神写照，正在阿堵中。"⑥

gù cháng kāng dào　huà　shǒu huī wǔ xián　yì　mù sòng guī hóng　nán
顾长康道："画'手挥五弦'易，'目送归鸿'难。"⑦

---

①顾长康：顾恺之，字长康，晋陵无锡（今江苏无锡）人。裴叔则：裴楷，字叔则，河东闻喜（今山西闻喜）人。
②识具：见识才具。　③寻：寻思。　④谢幼舆：谢鲲，字幼舆，陈郡阳夏（今河南太康）人。　⑤目精：眼珠子。　⑥妍蚩：
美丑。阿堵：这个。　⑦"手挥五弦"两句：出自嵇康《赠秀才入军》第十四首："目送归鸿，手挥五弦。俯仰自得，游心太
玄。"见《文选》卷二十四。五弦，弦乐器的一种，似琵琶而略小。归鸿，春时北归的鸿雁。

宠礼

yuán dì zhēng huì yǐn wáng chéng xiàng dēng yù chuáng wáng gōng gù cí zhōng zōng

元帝正会，引王丞相登御床，王公固辞，中宗

yǐn zhī mí kǔ　　wáng gōng yuē　　shǐ tài yáng yǔ wàn wù tóng huī chén xià hé yǐ

引之弥苦①。王公曰："使太阳与万物同晖，臣下何以

zhān yǎng

瞻仰？"

xǔ xuán dù tíng dū yī yuè liú yǐn wú rì bù wǎng nǎi tàn yuē qīng fù shǎo shí

许玄度停都一月，刘尹无日不往，乃叹曰："卿复少时

bù qù　 wǒ chéng qīng bó jīng yǐn

不去，我成轻薄京尹！"②

biàn fàn zhī wéi dān yáng yǐn　　yáng fú nán zhōu zàn huán wǎng biàn xǔ yún　 xià

卞范之为丹阳尹③。羊孚南州暂还，往卞许，云："下

guān jí dòng bù kān zuò　　biàn biàn kāi zhàng fú rù yáng jìng shàng dà chuáng rù bèi

官疾动，不堪坐。"④卞便开帐拂褥，羊径上大床，入被

xū zhěn　　biàn huí zuò qīng lài　 yí chén dá mù　　yáng qù biàn yù yuē　 wǒ yǐ dì

须枕。卞回坐倾睐，移晨达莫⑤。羊去，卞语曰："我以第

yī lǐ qī qīng qīng mò fù wǒ

一理期卿，卿莫负我。"⑥

---

①元帝：晋元帝司马睿，字景文，东晋开国皇帝，谥号元皇帝，庙号中宗。正会：夏历正月初一朝会。御床：皇帝的坐榻。弥苦：更加殷切。　②停都：停留在都城建康。刘尹：刘惔，时为丹阳尹，管辖京城。轻薄：行为不庄重，此指荒废政事。　③卞范之：字敬祖，少时与桓玄交好。桓玄为江州刺史时荐卞范之为长史。桓玄称帝后官侍中尚书仆射，事败后被杀。为丹阳尹：做丹阳郡的长官，丹阳故城在今江苏江宁东。④羊孚：桓玄的记事参军。南州：又名姑孰，在今安徽当涂。许：处所。⑤倾睐：侧着身子看。莫：同"暮"，晚上。　⑥第一理：第一等善谈哲理之人。期：期望。

chén liú ruǎn jí qiáo guó jī kāng hé nèi shān tāo sān rén nián jiē xiāng bǐ kāng
陈留阮籍、谯国嵇康、河内山涛，三人年皆相比，康

nián shǎo yà zhī yù cǐ qì zhě pèi guó liú líng chén liú ruǎn xián hé nèi xiàng xiù
年少亚之①。预此契者，沛国刘伶、陈留阮咸、河内向秀、

láng yá wáng róng qī rén cháng jí yú zhú lín zhī xià sì yì hān chàng gù shì wèi
琅邪王戎②。七人常集于竹林之下，肆意酣畅，故世谓

zhú lín qī xián
"竹林七贤"。

ruǎn jí zāo mǔ sāng zài jìn wén wáng zuò jìn jiǔ ròu sī lì hé zēng yì zài
阮籍遭母丧，在晋文王坐，进酒肉。司隶何曾亦在

zuò yuē míng gōng fāng yǐ xiào zhì tiān xià ér ruǎn jí yǐ zhòng sāng xiǎn yú gōng zuò yǐn
坐，曰："明公方以孝治天下，而阮籍以重丧显于公坐饮

jiǔ shí ròu yí liú zhī hǎi wài yǐ zhèng fēng jiào wén wáng yuē sì zōng huǐ dùn rú
酒食肉，宜流之海外，以正风教。"③文王曰："嗣宗毁顿如

cǐ jūn bù néng gòng yōu zhī hé wèi qiě yǒu jí ér yǐn jiǔ shí ròu gù sāng lǐ
此，君不能共忧之，何谓？且有疾而饮酒食肉，固丧礼

yě jí yǐn dàn bù chuò shén sè zì ruò
也！"④籍饮啖不辍，神色自若⑤。

①陈留:郡名,治所在今河南开封。谯国:谯郡,治所在今安徽亳县。河内:郡名,相当于今河南黄河南北两岸地区。比:相当。亚:次。②预:参与。契:志同道合的交游。沛国:即沛郡,治所在今安徽濉溪西北。琅邪:郡名,治所在今山东临沂北。③司隶:司隶校尉,察举百官及京师附近犯法者。流:流放。海外:四海之外,指边远地区。④嗣宗:阮籍,字嗣宗。毁顿:因过于哀痛而形容憔悴,精神疲惫。⑤啖:吃。辍:停止。

世说新语诵读本

刘伶病酒①，渴甚，从妇求酒。妇捐酒毁器，涕泣谏曰：

"君饮太过，非摄生之道，必宜断之！"②伶曰："甚善。我不

能自禁，唯当祝鬼神自誓断之耳。便可具酒肉。"③妇曰：

"敬闻命。"供酒肉于神前，请伶祝誓。伶跪而祝曰："天

生刘伶，以酒为名，一饮一斛，五斗解酲。妇人之言，慎

不可听！"④便引酒进肉，隗然⑤已醉矣。

刘公容与人饮酒，杂秽非类⑥。人或讥之，答曰："胜

公容者，不可不与饮；不如公容者，亦不可不与饮；是公

容辈者，又不可不与饮。"故终日共饮而醉。

步兵校尉⑦缺，厨中有贮酒数百斛，阮籍乃求为步兵

校尉。

刘伶恒纵酒放达⑧，或脱衣裸形在屋中。人见讥之，

---

①病酒：饮酒沉醉。②捐：舍弃。摄生：养生。③祝：祷告。具：准备。④斛：量词，一斛十斗。斗：一斗十升。酲：醉酒后神志不清的状态。⑤隗然：倒下，倾颓。⑥刘公容：刘昶，字公荣。为人通达，仕至兖州刺史。杂秽：杂乱。非类：不是同样身份的人。⑦步兵校尉：东汉时掌管宿卫军，秩比二千石。⑧放达：放纵不受拘束。

líng yuē wǒ yǐ tiān dì wéi dòng yǔ wū shì wéi kūn yī zhū jūn hé wèi rù wǒ
伶曰："我以天地为栋宇，屋室为裈①衣，诸君何为入我

kūn zhōng
裈中！"

ruǎn jí sǎo cháng huán jiā jí jiàn yǔ bié huò jī zhī jí yuē lǐ qǐ wèi
阮籍嫂尝还家②，籍见与别。或讥③之，籍曰："礼岂为

wǒ bèi shè yě
我辈设也？"

ruǎn gōng lín jiā fù yǒu měi sè dāng lú gū jiǔ ruǎn yǔ wáng ān fēng cháng
阮公邻家妇，有美色，当垆酤酒④。阮与王安丰⑤常

cóng fù yǐn jiǔ ruǎn zuì biàn mián qí fù cè fū shǐ shū yí zhī sì chá zhōng
从妇饮酒。阮醉，便眠其妇侧。夫始殊疑之，伺察⑥，终

wú tā yì
无他意。

ruǎn jí dāng zàng mǔ zhēng yī féi tún yǐn jiǔ èr dǒu rán hòu lín jué zhí yán
阮籍当葬母，蒸一肥豚，饮酒二斗，然后临诀，直言：

qióng yǐ dōu dé yī háo yīn tǔ xuè fèi dùn liáng jiǔ
"穷矣！"⑦都得一号，因吐血，废顿良久⑧。

ruǎn zhòng róng bù bīng jū dào nán zhū ruǎn jū dào běi běi ruǎn jiē fù nán
阮仲容、步兵居道南，诸阮居道北⑨。北阮皆富，南

ruǎn pín qī yuè qī rì běi ruǎn shèng shài yī jiē shā luó jǐn qǐ zhòng róng yǐ gān
阮贫。七月七日，北阮盛晒衣，皆纱罗锦绮⑩。仲容以竿

guà dà bù dú bí kūn yú zhōng tíng rén huò guài zhī dá yuē wèi néng miǎn sú liáo
挂大布犊鼻裈于中庭⑪。人或怪之，答曰："未能免俗，聊

---

①裈：有裆的裤子。　②还家：指返回娘家。　③讥：讥笑。《礼记·曲礼上》记载："嫂叔不通问。"　④垆：放置酒瓮的土台，借指酒店。酤：卖。　⑤王安丰：王戎，封安丰侯。　⑥伺察：观察。　⑦豚：小猪。临诀：告别遗体。　⑧都：总共。号：大声哭。废顿：身体损伤，精神萎顿。　⑨阮仲容：阮咸，字仲容，阮籍从子。步兵：阮籍。　⑩七月七日：古时有在此日晒衣物、书籍的习惯，认为可以避蠹。纱罗锦绮：泛指珍贵的丝织品。　⑪大布：粗布。犊鼻裈：一种做杂活时穿的裤子，无裆，形如犊鼻，类似后代的套裤，一说为今之围裙。

fù ěr ěr
复尔耳。"

ruǎn bù bīng sàng mǔ　　péi lìng gōngwǎng diào zhī　　ruǎn fāng zuì　sǎn fà zuò chuáng
阮步兵丧母，裴令公往吊之。阮方醉，散发坐床，

jī jù　bù kū　　péi zhì　xià xí yú dì　kū　diào yàn bì biàn qù　　　huò wèn péi
箕踞①不哭。裴至，下席于地，哭，吊唁毕便去②。或问裴：

fán diào　zhǔ rén kū　kè nǎi wéi lǐ　ruǎn jì bù kū　jūn hé wèi kū　péi yuē
"凡吊，主人哭，客乃为礼。阮既不哭，君何为哭？"裴曰：

ruǎn fāng wài zhī rén　gù bù chóng lǐ zhì　wǒ bèi sú zhōng rén　gù yǐ yí guǐ zì
"阮方外之人，故不崇礼制。我辈俗中人，故以仪轨自

jū　　shí rén tàn wéi liǎng dé qí zhōng
居。"③时人叹为两得其中④。

zhū ruǎn jiē néng yǐn jiǔ　zhòng róng zhì zōng rén jiān gòng jí　bù fù yòng cháng bēi zhēn
诸阮皆能饮酒，仲容至宗人间共集，不复用常杯斟

zhuó　yǐ dà wèng chéng jiǔ　wéi zuò xiāng xiàng dà zhuó　shí yǒu qún zhū lái yǐn　zhí jiē
酌，以大瓮盛酒，围坐相向大酌⑤。时有群猪来饮，直接

qù shàng　biàn gòng yǐn zhī
去上，便共饮之。

ruǎn hún zhǎng chéng　fēng qì yùn dù sì fù　yì yù zuò dá　　bù bīng yuē
阮浑长成，风气韵度似父，亦欲作达⑥。步兵曰：

zhòng róng yǐ yù　zhī　qīng bù dé fù ěr
"仲容已预⑦之，卿不得复尔。"

péi chéng gōng fù　wáng róng nǚ　wáng róng chénwǎng péi xǔ　bù tōng jìng qián　péi
裴成公妇，王戎女。王戎晨往裴许，不通径前。裴

---
①箕踞：两足伸开坐着，形如簸箕，极其不雅。　②下席：离开坐席，表示恭敬。吊唁：慰问死者家属。唁，通"唁"。
③方外：超脱世俗礼教之外。仪轨：礼法，规范。　④中：合适。　⑤宗人：族人。瓮：盛酒的陶器。　⑥作达：做放任不
羁的事。　⑦预：参与。

cóng chuáng nán xià　nǚ cóng běi xià　xiāng duì zuò bīn zhǔ　liǎo wú yì sè
从 床 南下,女从北下,相对作宾主,了无异色。

ruǎn xuān zǐ　cháng bù xíng　yǐ bǎi qián guà zhàng tóu　zhì jiǔ diàn　biàn dú hān
阮 宣 子①常 步 行,以百钱挂杖头,至酒店,便独酣

chàng　　suī dāng shì guì shèng　bù kěn yì　yě
畅 。 虽当世贵盛,不肯诣②也。

zhāng jì yīng zòng rèn bù jū　shí rén hào wéi　jiāng dōng bù bīng　　huò wèi zhī
张 季 鹰 纵任不拘,时人号为“江东步兵”。 或谓之

yuē　qīng nǎi kě zòng shì yī shí　dú bù wèi shēn hòu míng yé　　dá yuē　shǐ wǒ yǒu
曰:“卿乃可纵适一时,独不为身后名邪?”③答曰:“使我有

shēn hòu míng　bù rú jí shí yī bēi jiǔ
身后名,不如即时一杯酒!”

bì mào shì yún　yī shǒu chí xiè áo　yī shǒu chí jiǔ bēi　pāi fú jiǔ chí zhōng
毕 茂 世云:“一手持蟹螯,一手持酒杯,拍浮酒池中,

biàn zú liǎo yī shēng
便足了一生。”④

hè sī kōng rù luò fù mìng　wéi tài sūn shè rén　jīng wú chāng mén　zài chuán zhōng
贺 司 空入洛赴命,为太孙舍人,经吴阊门,在船 中

tán qín⑤　　zhāng jì yīng běn bù xiāng shí　xiān zài jīn chāng tíng　wén xián shèn qīng　xià
弹琴⑤。 张 季 鹰 本 不 相 识,先 在 金 阊 亭,闻 弦 甚 清,下

chuán jiù hè　yīn gòng yǔ　biàn dà xiāng zhī yuè　　wèn hè　qīng yù hé zhī　　hè
船 就 贺,因 共 语,便 大 相 知 说⑥。 问 贺:“卿 欲 何 之?”贺

yuē　rù luò fù mìng　zhèng ěr jìn lù　zhāng yuē　wú yì yǒu shì běi jīng　yīn lù
曰:“入 洛 赴 命,正 尔 进 路。”张 曰:“吾 亦 有 事 北 京,因 路

①阮宣子:阮修,字宣子。 ②诣:造访。 ③乃可:岂可。 独:难道。 ④毕茂世:毕卓,茂世,晋元帝时为吏部郎,
嗜酒废职。 蟹螯:螃蟹变形的第一对脚。状似钳,用以取食或自卫。拍浮:以手击水浮游。了:了结。 ⑤贺司空:贺
循,字彦先,会稽山阴人。魏景帝时人,善属文。死后追封司空。赴命:接受诏命。阊门:吴郡西门。 ⑥金阊亭:驿
亭,在阊门内。就:靠近。知说:赏识爱悦。说,通“悦”。

寄载。"①便与贺同发。初不告家，家追问，乃知。

有人讥周仆射与亲友言戏秽杂无检节②。周曰："吾若万里长江，何能不千里一曲③！"

温太真位未高时，屡与扬州、淮中估客樗蒲，与辄不竞④。尝一过大输物，戏屈，无因得反⑤。与庾亮善，于舫⑥中大唤亮曰："卿可赎我！"庾即送直⑦，然后得还。经此数⑧四。

周伯仁风德雅重，深达危乱⑨。过江积年，恒大饮酒，尝经三日不醒。时人谓之"三日仆射"。

卫君长⑩为温公长史，温公甚善之。每率尔提酒脯就卫，箕踞相对弥日⑪。卫往温许亦尔。

---

①北京：指洛阳。寄载：搭乘。　②秽杂：粗野杂乱。无检节：没有检点节制。　③千里一曲：长江千里必有一弯曲处，比喻做人有小过失。　④温太真：温峤，字泰真，一字太真，太厚祁县（今山西祁县）人，东晋政治家。估客：商贩。樗蒲：盛行于汉魏六朝的一种赌博游戏。不竞：不赢。　⑤一过：一回。戏：指赌博。反：通"返"。　⑥舫：船。　⑦直：通"值"，指可以抵当赌债的财物。　⑧数：多次。　⑨周伯仁：周顗，字伯仁，曾任尚书左仆射。风德：风操德行。达：洞察。　⑩卫君长：卫永，字君长。　⑪率尔：随便，随意。脯：干肉。弥日：终日。

yīn hóng qiáo zuò yù zhāng jùn　　lín qù　　dū xià rén yīn fù bǎi xǔ hán shū　　　jì

殷洪乔作豫章郡，临去，都下人因附百许函书①。既

zhì shí tóu　　xī zhì shuǐ zhōng　　yīn zhù yuē　　chén zhě zì chén　　fú zhě zì fú　　yīn hóng

至石头，悉掷水中，因祝曰："沉者自沉，浮者自浮，殷洪

qiáo bù néng zuò zhì shū yóu

乔不能作致书邮。"②

wáng zhǎng shǐ　　xiè rén zǔ tóng wéi wáng gōng yuàn　　zhǎng shǐ yún　　xiè yuàn néng zuò

王长史、谢仁祖同为王公掾，长史云："谢掾能作

yì wǔ　　　xiè biàn qǐ wǔ　　shén yì shèn xiá　　wáng gōng shú shì　　wèi kè yuē　　shǐ rén

异舞。"③谢便起舞，神意甚暇。王公熟视，谓客曰："使人

sī ān fēng

思安丰④。"

wáng guāng lù yún　　　jiǔ　　zhèng　　shǐ rén rén zì yuǎn

王光禄云："酒，正⑤使人人自远。"

liú yǐn yún　　　sūn chéng gōng kuáng shì　　měi zhì yī chù　　shǎng wán lěi rì　　huò huí

刘尹云："孙承公狂士，每至一处，赏玩累日，或回

zhì bàn lù què fǎn

至半路却返。"⑥

héng zǐ yě měi wén qīng gē　　zhé huàn　　nài hé　　　xiè gōng wén zhī　　yuē　　　zǐ

恒子野每闻清歌，辄唤"奈何"⑦。谢公闻之，曰："子

yě kě wèi yī wǎng yǒu shēn qíng

野可谓一往有深情。"

zhāng zhàn hào yú zhāi qián zhòng sōng bǎi　　shí yuán shān sōng chū yóu　　měi hào lìng zuǒ

张湛好于斋前种松柏。时袁山松出游，每好令左

①殷洪乔：殷羡，字洪乔，殷浩之父。作豫章郡：任豫章太守。都下：指都城建康。　②石头：山名，在今南京城西。祝：祷告。致：送。邮：邮差。　③谢仁祖：谢尚，字仁祖，东晋人。掾：僚属。异舞：奇异的舞蹈。　④安丰：王戎，字濬冲，琅琊临沂（今山东临沂）人，曾做安丰县侯。　⑤正：的确。　⑥孙承公：孙统，字承公，孙绰之兄，善属文，好游山玩水。　⑦恒子野：桓伊，小字子野。清歌：无管弦伴奏的歌唱，一说是哀悼死者的挽歌。奈何：晋时风俗，父母之丧，有人吊丧，孝子循例哭唤"奈何"。

右作挽歌。时人谓"张屋下陈尸，袁道上行殡"①。

罗友作荆州从事，桓宣武为王车骑集别②。友进，坐良久，辞出，宣武曰："卿向欲咨事③，何以便去？"答曰："友闻白羊肉美，一生未曾得吃，故冒求前耳，无事可咨。今已饱，不复须驻。"④了无惭色。

王子猷尝暂寄人空宅住，便令种竹。或问："暂住何烦尔？"王啸咏良久，直指竹曰："何可一日无此君？"

王子猷居山阴⑤，夜大雪，眠觉，开室，命酌酒，四望皎然。因起彷徨，咏左思《招隐诗》，忽忆戴安道。时戴在剡⑥，即便夜乘小舟就之。经宿⑦方至，造门不前而返。人问其故，王曰："吾本乘兴而行，兴尽而返，何必见戴？"

王卫军云："酒正引人著胜地。"⑧

---

①张湛：字处度，仕至中书郎。精通医术，善于养生。陈尸：墓地多种松柏，此谓张湛屋下种松柏如同墓地。行殡：出殡，送灵柩去墓地。　②罗友：东晋时人，博学能文，嗜酒，以才学得到桓温重用，累迁襄阳太守、广州、益州刺史。从事：属官。集别：集会送别。　③咨事：汇报公事。　④冒：冒昧。驻：停留。　⑤山阴：今浙江绍兴。　⑥剡：今浙江嵊州。当地有剡溪，自山阴可溯流而达。　⑦经宿：经过一夜。　⑧著：到。胜地：佳境。

世说新语诵读本

wáng zǐ yóu chū dū　shàng zài zhǔ xià　　　　jiù wén huán zǐ yě　shàn chuī dí　ér

王子猷出都，尚在渚下①。旧闻桓子野②善吹笛，而

bù xiāng shí　　yù huán yú àn shàng guò　wáng zài chuán zhōng　kè yǒu shí zhī zhě　yún shì

不相识。遇桓于岸上过，王在船中，客有识之者，云是

huán zǐ yě　　wáng biàn lìng rén yǔ xiāng wén　yún　wén jūn shàn chuī dí　shì wèi wǒ yī

桓子野。王便令人与相闻③，云："闻君善吹笛，试为我一

zòu　　huán shí yǐ guì xiǎn　sù wén wáng míng　jí biàn huí xià chē　jù hú chuáng　wèi zuò

奏。"桓时已贵显，素闻王名，即便回下车，踞胡床，为作

sān diào　　nòng bì　biàn shàng chē qù　　kè zhǔ bù jiāo yī yán

三调④。弄毕，便上车去。客主不交一言。

wáng xiào bó wèn wáng dà　　ruǎn jí hé rú sī mǎ xiāng rú　　　wáng dà yuē

王孝伯问王大："阮籍何如司马相如？"⑤王大曰：

ruǎn jí xiōng zhōng lěi kuài　　gù xū jiǔ jiāo zhī

"阮籍胸中垒块⑥，故须酒浇之。"

wáng fó dà tàn yán　　sān rì bù yǐn jiǔ　jué xíng shén bù fù xiāng qīn

王佛大叹言："三日不饮酒，觉形神不复相亲。"

wáng xiào bó⑦ yán　　míng shì bù bì xū qí cái　dàn shǐ cháng dé wú shì　tòng yǐn

王孝伯⑦言："名士不必须奇才，但使常得无事，痛饮

jiǔ　shú dú　lí sāo　　biàn kě chēng míng shì

酒，熟读《离骚》，便可称名士。"

wáng zhǎng shǐ dēng máo shān　　dà tòng kū yuē　　láng yá wáng bó yú　zhōng dāng wèi

王长史登茅山，大恸哭曰："郎邪王伯舆，终当为

qíng sǐ

情死！"⑧

---

①出都：奔赴都城。渚：水中小洲。②桓子野：桓伊，字子野。③相闻：相告。④胡床：一种坐具。调：曲调。
⑤王孝伯：王恭，字孝伯。王大：王忱，字元达，小字佛大，太原晋阳（今山西太原）人。⑥垒块：土石堆积，此指心中郁
结的不平之气。⑦王孝伯：王恭。⑧王长史：王廞（xīn），字伯舆，王导之孙，王荟之子，曾任司徒左长史。茅山：在今
江苏句容南。

简
傲

世说新语诵读本

jìn wén wáng gōng dé shèng dà zuò xí yán jìng nǐ yú wáng zhě wéi ruǎn jí zài
晋文王①功德盛大,坐席严敬,拟于王者。唯阮籍在

zuò jī jù xiào gē hān fàng zì ruò
坐,箕踞啸歌,酣放自若。

zhōng shì jì jīng yǒu cái lǐ xiān bù shí jī kāng zhōng yāo yú shí xián jùn zhī shì
钟士季精有才理,先不识嵇康,钟要于时贤俊之士,

jù wǎng xún kāng kāng fāng dà shù xià duàn xiàng zǐ qī wéi zuǒ gǔ pái kāng yáng
俱往寻康②。康方大树下锻,向子期为佐鼓排③。康扬

chuí bù chuò páng ruò wú rén yí shí bù jiāo yī yán zhōng qǐ qù kāng yuē hé suǒ
槌不辍,傍若无人,移时不交一言④。钟起去,康曰:"何所

wén ér lái hé suǒ jiàn ér qù zhōng yuē wén suǒ wén ér lái jiàn suǒ jiàn
闻而来?何所见而去?"钟曰:"闻所闻而来,见所见

ér qù
而去。"

jī kāng yǔ lǚ ān shàn měi yī xiāng sī qiān lǐ mìng jià ān hòu lái zhí
嵇康与吕安善,每一相思,千里命驾⑤。安后来,值

kāng bù zài xǐ chū hù yán zhī bù rù tí mén shàng zuò fèng zì ér qù xǐ bù
康不在,喜出户延之,不入,题门上作"凤"字而去⑥。喜不

①晋文王:司马昭。 ②钟士季:钟会。要:约请。于时:当时。 ③锻:打铁。向子期:向秀,字子期。为佐:当助手。鼓:鼓风。排:风箱。 ④槌:捶击的器具。移时:过了好些时候。辍:停止。 ⑤命驾:吩咐驾车。 ⑥喜:嵇喜,嵇康之兄。延:接引,邀请。

144

觉，犹以为欣，故作。"凤"字，凡鸟也。

王平子出为荆州，王太尉及时贤送者倾路①。时庭中有大树，上有鹊巢，平子脱衣巾，径上树取鹊子，凉衣拘阂树枝，便复脱去②。得鹊子还下弄，神色自若，傍若无人。

高坐道人于丞相坐，恒偃卧其侧③。见卞令④，肃然改容云："彼是礼法人。"

王子猷作桓车骑骑兵参军⑤。桓问曰："卿何署⑥?"答曰："不知何署，时见牵马来，似是马曹⑦。"桓又问："官有几马?"答曰："不问马，何由知其数?"又问："马比⑧死多少?"答曰："未知生，焉知死。"⑨

谢公尝与谢万共出西，过吴郡，阿万欲相与共萃王

世说新语诵读本

简傲

①王平子：王澄，字平子，曾任荆州刺史。倾路：满路。　②凉衣：贴身的内衣。拘阂：拘束阻碍。　③高坐道人：东晋高僧，西域人。丞相：王导。偃卧：仰卧。　④卞令：卞壶，曾任中书令。　⑤桓车骑：桓冲。骑兵参军：将军府属官。　⑥署：官署，此指部门。　⑦马曹：掌管马匹的机构。　⑧比：近来。　⑨未知生，焉知死：《论语·先进》记载，子路问孔子有关死的事情，孔子回答："未知生，焉知死?"

世说新语诵读本

恬许，太傅云："恐伊不必酬汝，意不足尔。"①万犹苦要②，太傅坚不回，万乃独往。坐少③时，王便入门内，谢殊有欣色，以为厚待己。良久，乃沐头散发而出，亦不坐，仍据胡床，在中庭晒头，神气傲迈，了无相酬对意。谢于是乃还，未至船，逆呼太傅，安曰："阿螭不作尔。"④

王子猷作桓车骑参军。桓谓王曰："卿在府久，比当相料理。"⑤初不答，直高视，以手版拄颊云："西山朝来，致有爽气。"⑥

谢万北征，常以啸咏自高，未尝抚慰众士。谢公甚器爱万，而审其必败，乃俱行，从容谓万曰："汝为元帅，宜数唤诸将宴会，以说众心。"⑦万从之。因召集诸将，都无所说，直以如意指四坐云："诸君皆是劲卒。"⑧诸将甚忿

---

①谢万：谢安之弟。出西：往西边去。吴郡：今江苏苏州。萃：聚集。王恬：王导次子，小字螭虎。酬：应酬。不足：不值得。②要：通"邀"，邀请。③少：少顷，片刻。④逆呼：迎头呼叫。不作：不来往，不打交道。当时王氏门第高于谢氏，所以王恬对谢万不以礼相待。⑤比：近来。料理：安排。⑥直：只是。手版：同"手板"，即笏，官员随身携带的狭长形板，不用时插于腰带，有事则握在手中以记事。拄：撑。致：通"至"，最。爽气：清爽之气。⑦审：察知。数：经常。说：通"悦"。⑧直：径直。如意：一种用具，柄细长而微曲，前端做手指状。劲卒：精壮的士兵。

恨之。谢公欲深著恩信，自队主将帅以下，无不身造，厚相逊谢①。及万事败，军中因欲除之。复云："当为隐士。"②故幸而得免。

王子猷尝行过吴中，见一士大夫家极有好竹，主已知子猷当往，乃洒扫施设，在听事坐相待③。王肩舆径造竹下，讽啸良久，主已失望，犹冀还当通④。遂⑤直欲出门。主人大不堪，便令左右闭门，不听出⑥。王更以此赏主人，乃留坐，尽欢而去。

王子敬自会稽经吴，闻顾辟疆有名园⑦。先不识主人，径往其家。值顾方集宾友酣燕，而王游历既毕，指麾好恶，傍若无人⑧。顾勃然不堪曰："傲主人，非礼也；以贵骄人，非道也。失此二者，不足齿之，伧耳！"⑨便驱其左右

①著：显扬，彰明。队主：队长。身造：亲自访问。　②当为隐士：应当为隐士着想。谢安当时隐居于会稽。③王子猷：王徽之。吴中：吴郡，今江苏苏州。施设：陈设。听事：厅堂。④肩舆：一种轻便小轿。径：直接。造：到，至。冀：希望。通：通报相见。　⑤遂：竟，终。⑥堪：忍受。听：听任。⑦王子敬：王献之。会稽：今浙江绍兴。顾辟疆：东晋吴郡人，仕至平北参军。⑧酣：酣畅。燕：通"宴"。⑨齿：谈论，提及。伧：粗野，六朝时对北人或南渡北人的称呼。

^{chū mén} ^{wáng dú zài yú shàng} ^{huí zhuǎn gù wàng} ^{zuǒ yòu yí shí bù zhì} ^{rán hòu lìng}
出门。 王 独 在 舆 上，回 转 顾 望，左 右 移 时 不 至，然 后 令

^{sòng zhuó mén wài} ^{yí rán bù xiè}
送 著 门 外，怡 然 不 屑^①。

①舆：肩舆，轿子。不屑：不介意。

jī ruǎn shān liú zài zhú lín hān yǐn wáng róng hòu wǎng bù bīng yuē
嵇、阮、山、刘在竹林酣饮，王戎后往①。步兵②曰：

sú wù yǐ fù lái bài rén yì wáng xiào yuē qīng bèi yì yì fù kě bài yé
"俗物已复来败人意！"王笑曰："卿辈意，亦复可败邪？"

sūn zǐ jīng nián shào shí yù yǐn yù wáng wǔ zǐ dāng zhěn shí shù liú wù yuē
孙子荆年少时欲隐，语王武子"当枕石漱流"，误曰

shù shí zhěn liú wáng yuē liú kě zhěn shí kě shù hū sūn yuē suǒ yǐ zhěn
"漱石枕流"③。王曰："流可枕，石可漱乎？"孙曰："所以枕

liú yù xǐ qí ěr suǒ yǐ shù shí yù lì qí chǐ
流，欲洗其耳；所以漱石，欲砺④其齿。"

wáng hún yǔ fù zhōng shì gòng zuò jiàn wǔ zǐ cóng tíng guò hún xīn rán wèi fù
王浑与妇钟氏⑤共坐，见武子从庭过，浑欣然谓妇

yuē shēng ér rú cǐ zú wèi rén yì fù xiào yuē ruò shǐ xīn fù dé pèi cān jūn
曰："生儿如此，足慰人意。"妇笑曰："若使新妇得配参军，

shēng ér gù kě bù chì rú cǐ
生儿故可不啻如此！"⑥

xún míng hè lù shì lóng èr rén wèi xiāng shí jù huì zhāng mào xiān zuò zhāng
荀鸣鹤、陆士龙二人未相识，俱会张茂先坐⑦。张

---

①嵇：嵇康。阮：阮籍。山：山涛。刘：刘伶。 ②步兵：阮籍。 ③孙子荆：孙楚，字子荆。王武子：王济，字武子。
④砺：磨砺。 ⑤钟氏：钟琰，钟繇孙女。 ⑥新妇：已婚妇人自称。参军：王沦，王浑之弟。不啻：不止。 ⑦荀鸣鹤：荀
隐，字鸣鹤。陆士龙：陆云，字士龙。张茂先：张华，字茂先。

令共语。以其并有大才，可勿作常语。陆举手曰："云间①
陆士龙。"荀答曰："日下②荀鸣鹤。"陆曰："既开青云，睹白
雉，何不张尔弓，布尔矢？"③荀答曰："本谓云龙骙骙，定是
山鹿野麋，兽弱弓强，是以发迟。"④张乃抚掌大笑。

谢幼舆谓周侯曰："卿类社树，远望之，峨峨拂青天；
就而视之，其根则群狐所托，下聚溷而已。"⑤答曰："枝条拂
青天，不以为高；群狐乱其下，不以为浊。聚溷之秽，卿之
所保，何足自称？"⑥

王丞相枕周伯仁膝，指其腹曰："卿此中何所有？"
答曰："此中空洞无物，然容卿辈数百人。"

康僧渊目深而鼻高，王丞相每调之，僧渊曰："鼻
者，面之山；目者，面之渊。山不高则不灵，渊不深则

---

①云间：古华亭、松江府的别称。陆云家在华亭。 ②日下：指京都。荀是颍川人，地近洛阳，故云。 ③白雉：雄鸟上
体和两翼白色，尾巴长，中央尾羽纯白。张尔弓，布尔矢：张弓搭箭，有向荀隐挑战之意。 ④云龙：云中之龙，影射陆
云之意。骙骙：马行雄壮的样子。定：却。山鹿野麋：山野间的麋鹿。意谓寻常兽类，不堪一击。 ⑤谢幼舆：谢鲲，字
幼舆。社树：种在土地神坛周围的树木。峨峨：高峻的样子。拂：触到，接近。就：靠近。溷：粪便。 ⑥保：占有，具
有。称：称颂，赞扬。

bù qīng
不清。"①

hé cì dào wǎng wǎ guān sì　lǐ bài shèn qín　ruǎn sī kuàng yù zhī yuē　　qīng zhì dà
何次道往瓦官寺礼拜甚勤，阮思旷语之曰："卿志大

yǔ zhòu　yǒng mài zhōng gǔ　　hé yuē　　qīng jīn rì hé gù hū jiàn tuī　　ruǎn yuē
宇宙，勇迈终古。"②何曰："卿今日何故忽见推③?"阮曰：

wǒ tú shù qiān hù jùn　shàng bù néng dé　qīng nǎi tú zuò fó　bù yì dà hū
"我图数千户郡，尚不能得；卿乃图作佛，不亦大乎?"

huán dà　sī mǎ chéng xuě yù liè　xiān guò wáng　liú zhū rén xǔ　　zhēn cháng jiàn
桓大司马乘雪欲猎，先过王、刘诸人许④。真长见

qí zhuāng shù dān jí　wèn　　lǎo zéi yù chí cǐ hé zuò　　huán yuē　wǒ ruò bù wéi
其装束单急，问："老贼欲持此何作?"⑤桓曰："我若不为

cǐ　qīng bèi yì nǎ dé zuò tán
此，卿辈亦那得坐谈?"

xiè gōng zài dōng shān　cháo mìng lǚ jiàng ér　bù dòng　　hòu chū wéi huán xuān wǔ　sī
谢公在东山，朝命屡降而不动⑥。后出为桓宣武司

mǎ　jiāng fā xīn tíng　cháo shì xián chū zhān sòng　　gāo líng shí wéi zhōng chéng　yì wǎng
马，将发新亭，朝士咸出瞻送⑦。高灵时为中丞，亦往

xiāng zǔ　　xiān shí duō shǎo yǐn jiǔ　yīn yǐ rú zuì　xì yuē　qīng lǚ wéi cháo zhǐ　gāo
相祖⑧。先时多少饮酒，因倚如醉，戏曰："卿屡违朝旨，高

wò dōng shān　zhū rén měi xiāng yǔ yán　　ān shí bù kěn chū　jiāng rú cāng shēng hé　　jīn
卧东山，诸人每相与言：'安石不肯出，将如苍生何?'今

yì cāng shēng jiāng rú qīng hé　　xiè xiào ér bù dá
亦苍生将如卿何?"⑨谢笑而不答。

①康僧渊：东晋高僧，西域人。调：嘲弄。渊：深潭。②何次道：何充，信佛。瓦官寺：位于建康西南。礼拜：向佛像行礼。阮思旷：阮裕，字思旷。迈：超过。终古：往古。③见推：推崇我。④桓大司马：桓温。王：王濛。刘：刘惔，字真长。⑤单急：指服装单薄而便捷。老贼：犹言老家伙，调笑之意。⑥谢公：谢安。朝命：指朝廷征召谢安的命令。⑦司马：高级武官的属官，专管军事。发：出发。新亭：今江苏南京西南。瞻送：看望送别。⑧高灵：高崧。中丞：为御史台长官。祖：古人出行时祭路神，引申为送别。⑨倚：假托，凭借。高卧：高枕而卧，谓隐居无事。

世说新语诵读本

chū　xiè ān zài dōng shān jū bù yī shí　xiōng dì yǐ yǒu fù guì zhě　xī jí jiā
初，谢安在东 山居布衣时，兄弟已有富贵者，翕集①家

mén　qīng dòng rén wù　liú fū rén　xì wèi ān yuē　dà zhàng fū bù dāng rú cǐ hū
门，倾 动人物。刘夫人②戏谓安曰："大丈夫不当如此乎？"

xiè nǎi zhuō bí　yuē　dàn kǒng bù miǎn ěr
谢乃捉鼻③曰："但恐不免耳！"

zhī dào lín yīn rén jiù shēn gōng mǎi yìn shān　shēn gōng dá yuē　wèi wén cháo　yóu mǎi
支道林因人就深公买印山，深公答曰："未闻巢、由买

shān ér yǐn
山而隐④。

wáng　liú měi bù zhòng cài gōng　èr rén cháng yì cài　yǔ liáng jiǔ　nǎi wèn cài
王、刘每不重蔡公⑤。二人尝诣蔡，语良久，乃问蔡

yuē　gōng zì yán hé rú yí fǔ　dá yuē　shēn bù rú yí fǔ　wáng liú xiāng mù
曰："公自言何如夷甫⑥？"答曰："身不如夷甫。"王、刘相目

ér xiào yuē　gōng hé chù bù rú　dá yuē　yí fǔ wú jūn bèi kè
而笑曰："公何处不如？"答曰："夷甫无君辈客。"

hǎo lóng　qī yuè qī rì chū rì zhōng yǎng wò　rén wèn qí gù　dá yuē　wǒ
郝隆⑦七月七日出日中仰卧，人问其故，答曰："我

shài shū
晒书。"

xiè gōng shǐ yǒu dōng shān zhī zhì　hòu yán mìng lǚ zhēn　shì bù huò yǐ　shǐ jiù huán
谢公始有东 山之志，后严命屡臻，势不获已，始就桓

gōng sī mǎ　yú shí rén yǒu xiǎng huán gōng yào cǎo　zhōng yǒu yuǎn zhì　gōng qǔ yǐ wèn
公司马⑧。于时人有饷 桓 公药草，中有远志。公取以问

①翕集：聚集。 ②刘夫人：谢安之妻，刘惔之妹。 ③捉鼻：捏着鼻子。 ④就：往，走向。深公：竺法深。印山：当
为岬（áng）山，在会稽剡县（今浙江嵊州）东。巢、由：巢父、许由，上古时期的隐士。 ⑤王：王濛。刘：刘惔。蔡公：蔡
谟。 ⑥夷甫：王衍，字夷甫。 ⑦郝隆：官征西参军。 ⑧东山之志：隐居东山的志向。严命：指朝廷征召的严切命令。
臻：到。势不获已：情势所迫，不得已。就：担任。

谢：“此药又名 小草，何一物而有二称？”谢未即答。时郝

隆在坐，应声答曰：“此甚易解：处则为远志，出则为小

草。”①谢甚有愧色。桓公目谢而笑曰：“郝参军此过乃不

恶，亦极有会。”②

郝隆为桓公南蛮③参军。三月三日④会，作诗。不能

者，罚酒三升。隆初以不能受罚，既饮，揽笔便作一句云：

“娵隅⑤跃清池。”桓问：“娵隅是何物？”答曰：“蛮 名鱼为娵

隅。”桓 公曰：“作诗何以作蛮语？”隆曰：“千里投公，始得

蛮府参军，那得不作蛮语也？”

张 苍梧⑥是张 凭之祖，尝语凭父曰：“我不如汝。”凭

父未解所以，苍梧曰：“汝有佳儿。”凭时年数岁，敛手曰：

“阿翁，讵宜以子戏父？”⑦

―――――――――

①处：退隐。出：出仕。②此过：当作“此通”，意谓此论。会：意味。③南蛮：古称南方少数民族。④三月三
日：为上巳节，士民到水边洗涤饮酒，以祈福辟邪。⑤娵隅：鱼的别称。⑥张苍梧：张镇，曾任苍梧太守。⑦敛 手：
拱手，表示尊敬。阿翁：称祖父。讵：岂。

xí záo chǐ　　sūn xīng gōng wèi xiāng shí　　tóng zài huán gōng zuò　　huán yù sūn　　kě

习凿齿①、孙兴公未相识，同在桓公坐。桓语孙："可

yǔ xí cān jūn gòng yǔ　　sūn yún　　chǔn ěr mán jīng　gǎn yǔ dà bāng wéi chóu　　xí

与习参军共语。"孙云："蠢尔蛮荆，敢与大邦为仇？"②习

yún　　bó fá xiǎn yǔn　zhì yú tài yuán

云："薄伐猃狁，至于太原。"③

wáng zǐ yóu yì xiè wàn　　lín gōng xiān zài zuò　zhān zhǔ　shèn gāo　　wáng yuē　ruò

王子猷诣谢万，林公先在坐，瞻瞩④甚高。王曰："若

lín gōng xū fà bìng quán　shén qíng dāng fù shèng cǐ fǒu　　xiè yuē　　chún chǐ xiāng xū

林公须发并全，神情当复胜此不⑤？"谢曰："唇齿相须，

bù kě yǐ piān wáng　　xū fà hé guān yú shén míng　　lín gōng yì shèn è　yuē　　qī chǐ

不可以偏亡。须发何关于神明！"林公意甚恶，曰："七尺

zhī qū　jīn rì wěi　jūn èr xián

之躯，今日委⑥君二贤。"

wáng wén dù　　fàn róng qī　jù wéi jiǎn wén suǒ yāo　fàn nián dà ér wèi xiǎo　wáng nián

王文度、范荣期俱为简文所要，范年大而位小，王年

xiǎo ér wèi dà　　jiāng qián　gēng xiāng tuī zài qián　jì yí jiǔ　wáng suì zài fàn hòu

小而位大⑦。将前，更相推在前，既移久，王遂在范后。

wáng yīn wèi yuē　　bǒ zhī yáng zhī　kāng bǐ　zài qián　　fàn yuē　táo zhī tài zhī

王因谓曰："簸之扬之，糠秕⑧在前。"范曰："洮之汰之，

shā lì zài hòu

砂砾在后。"⑨

①习凿齿：襄阳人，博学，以文笔著称。桓温辟为从事，官至荥阳太守。　②蠢尔蛮荆：出自《诗经·小雅·采芑》，原文为"蠢尔蛮荆，大邦为雠"。意谓蠢动的荆楚南蛮，把我大国做对头。　③薄伐猃狁：出自《诗经·小雅·六月》，原文为"薄伐猃狁，至于大原"。意谓讨伐猃狁，一直到了太原。猃狁，同"玁狁"，上古北方民族。　④瞻瞩：目光，神情。⑤不：同"否"。　⑥委：托付。　⑦王文度：王坦之，字文度。范荣期：范启，字文期。简文：简文帝司马昱。要：约请。⑧糠秕：谷皮和瘪谷。　⑨洮之汰之：洗去杂质。洮，通"淘"。

wèi cháng qí yǎ yǒu tǐ liàng　ér cái xué fēi suǒ jīng　　chū huàn dāng chū　yú cún
魏长齐雅有体量，而才学非所经①。初宦当出，虞存

cháo zhī yuē　　　yǔ qīng yuē fǎ sān zhāng tán zhě sǐ　wén bǐ zhě xíng　shāng lüè dǐ
嘲之曰："与卿约法三章：谈者死，文笔者刑，商略抵

zuì　　　wèi yí rán ér xiào　wú wǔ　yú sè
罪。"②魏怡然而笑，无忤③于色。

fàn róng qī jiàn xī chāo sú qíng bù dàn　xì zhī yuē　　yí　qí　cháo xǔ yī yì
范容期见郗超俗情不淡，戏之曰："夷、齐、巢、许一诣

chuí míng　　hé bì láo shén kǔ xíng　zhī cè jù wú yé　　　xī wèi dá　hán kāng bó yuē
垂名。何必劳神苦形，支策据梧邪？"④郗未答，韩康伯曰：

hé bù shǐ yóu rèn jiē xū
"何不使游刃皆虚⑤？"

fú lǎng chū guò jiāng　wáng zī　yì dà hào shì　wèn zhōng guó rén wù jí fēng tǔ suǒ shēng
苻朗初过江，王咨议大好事，问中国人物及风土所生，

zhōng wú jí yǐ　　lǎng dà huàn　zhī　　cì fū wèn nú bì guì jiàn lǎng yuē　jǐn hòu yǒu shí
终无极已⑥。朗大患⑦之。次复问奴婢贵贱，朗曰："谨厚有识

zhōng zhě　nǎi zhì shí wàn wú yì wéi nú bì wèn zhě　zhǐ shù qiān ěr
中者，乃至十万；无意为奴婢问者，止数千耳。"⑧

gù cháng kāng dàn gān zhè　xiān shí wěi　　wèn suǒ yǐ　yún　　jiàn zhì jiā jìng
顾长康啖甘蔗，先食尾⑨。问所以，云："渐至佳境。"

---

①魏长齐：魏颛，字长齐。体量：品质气度。经：修治，擅长。　②谈：指清谈玄理。文笔：指写文章。商略：品评。
③忤：违忤，不合。　④夷：伯夷。齐：叔齐。巢：巢父。许：许由。一诣：一样达到。支策据梧：形容疲倦的状态。策，
手杖。梧，梧桐。　⑤游刃皆虚：如庖丁解牛，刀锋所到，都是骨节间隙之处。比喻顺应自然，超脱牵挂，保全自己。
⑥苻朗：前秦苻坚从兄子，后降晋。王咨议：王肃之，王羲之第四子，官骠骑咨议。好事：喜欢多事。中国：指中原。
⑦患：厌恶。　⑧识中：知识。无意：指无知识。问：疑为衍文。　⑨顾长康：顾恺之，字长康。啖：吃。